アルトゥロ・ウイの興隆
コーカサスの白墨の輪

酒寄進一 訳

目次

アルトゥロ・ウイの興隆／コーカサスの白墨の輪

アルトゥロ・ウイの興隆

協力者　マルガレーテ・シュテフィ

［上演に向けての指示］

この戯曲は、諸々の出来事がどれだけ重要かよくわかるよう大げさなスタイルで演じられなければならない。そもそも重要だというのが不本意ではあるが。エリザベス朝の歴史劇をはっきりと連想させるのが最善の方法だ。つまり幕や演壇を使う。たとえば漆喰を塗った緞帳に牛の血の色のペンキを噴きかけて、その前で演じるのもいいだろう。場合によっては見晴らしのいい風景を描いた背景を使ってもいい。オルガン、トランペット、太鼓の効果音もいいだろう。手本とされる顔つきや口調、身振り手振りも利用すべきだ。だがただの戯画化は避ける。滑稽なものには戦慄を伴わなければならない。必要なのは、テンポよく真に迫った演技と、年の市の歴史劇の趣があるとひと目でわかる群像である。

登場人物

フレーク
キャラザー
ブッチャー
マルベリー
クラーク
（実業家、カリフラワー・トラストの役員）
シート（シート水運のオーナー）
ドッグズバローの旦那
ドッグズバロー・ジュニア
アルトゥロ・ウイ（ギャング団のボス）
エルネスト・ローマ（ウイの右腕）
マヌエレ・ジーリ
ジュゼッペ・ジヴォラ（花屋）
ギャングたち
テッド・ラッグ（スター・ジャーナルの記者）
グリーンウール（ギャングにしてバリトン歌手）
ドックデージー
ボウル（シート水運の経理係）
グッドウィルとギャッフルズ（市役所職員）

オケーシー（調査官）
役者
フック（八百屋）
被告人フィッシュ
弁護人
裁判官
医者
検事
女
若造のイナ（ローマの子分）
小男
イグネイシャス・ダルフィート
ベティ・ダルフィート（彼の妻）
ドッグズバローの召使い
用心棒【複数】
ガンマン【複数】
シカゴとシセロの八百屋【複数】
新聞記者【複数】

プロローグ

観客の皆様、本日お目にかけますは、
ああ、後ろのお客さん、もっとご声援を！
お嬢さん、帽子はとりましょう！
さて、お目にかけますは何を隠そう、
歴史に残るギャングのビッグショー。
はじめて明かされる
港の工事スキャンダルの真相！
さらにお目にかけますは、
ドッグズバロー氏の遺言状と告白録！
不況時代に成り上がりましたるアルトゥロ・ウイを
止められるやいなやというつばぜり合い！
悪名高き倉庫放火事件の顛末！

ダルフィート殺害！　機能不全に陥った法廷！
ギャングの内輪もめ。エルネスト・ローマ惨殺！
最後には華々しきクライマックス。
ギャング団による隣町シセロの征服！
暗黒街の名だたる猛者たちが
当方の役者たちによって演じられます。
姿をくらました者もいれば、
絞首刑の露と消えたり、撃ち殺されたりした者もおりますが、
みんな、若者のあこがれの的。
イメージはいかに傷つこうとも、まだオーラを失っちゃいません。
観客の皆様、当方もちゃんと心得ております。
いろいろ微妙なこともありますし、
そんなこと思いだしたくもないと言う
観客の方も相当数いることでありましょう。
そこでわれらが選びましたるは、
この地ではほとんど誰も知らない、
遠く離れた町の出来事であります。
ここではいまだかつて起きたことがないような椿事です。

「まさかこの劇に登場する一世代前の連中が
今ここで何か悪さをするわけがない」
皆様はそう確信しておられることでしょう。
さあ、お嬢さん、ゆったりと椅子にもたれかかってください。
さあ、われらがギャングショー、とくとご覧じろ！

1

市中心部（シティ）。カリフラワー・トラストの役員である実業家五人衆登場。

フレーク　ひどい時代になったものですなあ！
クラーク　シカゴはさながら小銭をドブに落として騒ぐオールドミスってところ。ほら朝方、ミルクを買いにでて、気づいたらポケットに穴があいていて、小銭をなくしたって手合いですよ。
キャラザー　先週の木曜日にね、テッド・ムーンから招待されたんです。月曜日に鳩料理で宴会をするから来いって。八十人呼んだと言っていましたかな。行ったら、きっと競売人しかいなかったでしょう。金持ちから貧乏人へ転落するのはあっという間。青くなっている暇もない。野菜の輸送船団がいつものようにこの町めざして五大湖をすすんでいますが、買う者などもう人っ子ひとりいないでしょうな。
ブッチャー　昼間が一転して夜になった感じですな！
マルベリー　クライブ社もロッバー社も競売にかけられています。

クラーク　ホイーラー果物輸入会社も倒産！　ノアの時代からある老舗だったのに。ディック・ハヴロックの運送会社も閑古鳥が鳴いています。
キャラザー　ところで、シートさんは？
フレーク　来る暇がないのですよ。金策で銀行まわりの最中。
クラーク　なんですと？　シートさんまで？
ということは、カリフラワーの商いも、この町ではおしまいということですな。
ブッチャー　さあさ、みなさん、元気をだしましょう！　待てば海路の日和あり、ですよ！
マルベリー　待てど暮らせど、と言うこともありますぞ。
ブッチャー　なんでそう悪い方にばかり考えますかね？　食品の売買は何があっても大丈夫。四百万都市の胃袋があるんですから！　いかに不景気だろうと、町には新鮮な野菜が欠かせない。なんとかなりますとも！
キャラザー　八百屋の景気はどうです？
マルベリー　まずいですね。キャベツを半分買うのにつけにしてくれという客までいる始末！
クラーク　まずいことになりそうですな。
フレーク　ところで、玄関で待っている者がいます。変な名前でしたな。たしかウイ……。
クラーク　あのギャングですか？
フレーク　ええ、本人です。死体のにおいをかぎつけるや、すかさず舌なめずりする輩。
右腕のエルネスト・ローマの話では、カリフラワーをトラストから買わないと、ひどいことになる、と八百屋連中に言ってくれるそうです。まあ、おなじ買うなら、棺桶よりカリフラワーの方がましということです。ローマは、売り上げ倍増を約束しています。

（みんな、不愉快そうに笑う）

キャラザー　けしからん話だ。

マルベリー　（大声で笑う）機関銃と手榴弾！　新手のビジネスモデル！

カリフラワーの売買で血が流れるなんて！　どうやら、わたしたちが夜もおちおち眠れないと聞きつけたらしく、アルトゥロ・ウイが大急ぎで手を貸そうというのです！

わたしたちにはもうあの御仁か、救世軍か、ふたつにひとつ。どちらのスープの方がうまいでしょうかね？

クラーク　ウイのスープの方が熱いことはたしかですな。

キャラザー　追いだしましょう！

マルベリー　しかし丁重に！　この先どうなるかわからないことですから！

（みんな、笑う）

フレーク　（ブッチャーに）そういえば、ドッグズバローに頼んだシカゴ市からの貸付けはどうなりました？

（他の面々に）ブッチャーさんとわたしで、この不景気な時代をどうやって切り抜けるか知恵を絞ったんですよ。基本方針は単純明快。わたしたちは税金を納めている。ですから、市はわたしたちに貸し付けて、この泥沼から救いだす義務があるわけです。たとえば、わたしたちが請け負う港の工事に。ドッグズバローの御大なら、顔が利くはず。なんと言っています？

ブッチャー　この件に関わるのは嫌だと言っています。
フレーク　嫌？　港界隈でみんなから選ばれた議員なのに、何もしないと言うのですか？
キャラザー　あの人の選挙基金に何年も寄付をしてきたのに！
マルベリー　けしからんですな。あの男は元々、シート水運の社員食堂の店長だったのですぞ！　政治の世界に入る前、このトラストに食べさせてもらっていたわけです！　恩知らずもいいところ！
フレークさん！　前にいいましたね。もはやこの世に人情などないと！　金の切れ目が、縁の切れ目！　沈みゆく船からは、捨て台詞を残して逃げだすってことです。昨日の友は今日の敵。下僕はもはや下僕にあらず。そしてにこにこ笑っていた社員食堂の店長からは冷淡な肩すかしを食らうというわけです。モラルよ、おまえはこの危機の時代にどこへ行った？
キャラザー　ドッグズバローがあんな人間だったとは！
クラーク　どんな言い訳をしたのですか？
ブッチャー　申請内容がいかがわしい、と。
フレーク　いかがわしい？　港の工事のどこがいかがわしいのです。何千人もの人に仕事とパンを与えられるというのに！
ブッチャー　疑っているんですよ。本当に工事をするかどうか。
フレーク　なんですと？　ふざけていますな！
ブッチャー　わたしたちに工事をする気がないことですか？
フレーク　いいや、あの男が疑ってかかったことです！

クラーク　では他に出資してくれる人を探さなくては。
マルベリー　そうです。きっと誰かいるでしょう！
ブッチャー　いますよ。しかしドッグズバローほどの者がいるかというと。みなさん、落ちつきましょう。
あの男はいい。
クラーク　どこが？
ブッチャー　正直者です。そして顔が広い。
フレーク　ナンセンスですな！
ブッチャー　あの男が評判を気にしているのは確かです！
フレーク　それがなんです？　わたしたちが欲しいのはシカゴ市の貸付け。あの男の評判などどうでもいいことです。
ブッチャー　まあまあ。彼はわたしたちの仲間だと思いますよ。詮索されずに金が借りられるのは正直者だけでしょう。正直者には誰も証文を書けなどといわないものです。ドッグズバローはそういう男。うまくやってくれますよ！　ドッグズバローはわたしたちの金づる。なぜかと言えば、みんな、あの男を信用しているからです。神を信じない者でも、ドッグズバローなら信じる。弁護士のところに行くのに別の弁護士を連れていくひと筋縄ではいかない仲買人でも、ドッグズバローの前掛けになら有り金全部入れるでしょうな。主が不在で前掛けがカウンターに置きっぱなしでもね。まれに見る高潔！　八十回も冬を体験してなお、弱音を吐かない！
いいですか、ああいう人物こそ、値千金。港の工事計画を立案し、しかも着工をずるずる引き延ばそうともくろんでいるときにはね。

フレーク　いいでしょう、ブッチャーさん。彼は値千金。彼が請け合ってくれれば、事は成る。しかし請け合ってくれないのではねえ！

クラーク　あいつではだめですな！「市はスープ皿ではない」という輩です！「市民が市に尽くし、市は市に尽くす」などとほざいています。あきれてものがいえません。ユーモアの欠片もないうえ、頑として考えを改めない。町など木や石でできたもので、人が集まって暮らし、限られた食料を奪いあう場所でしかないのに、あいつにとっては硬直した聖書の世界と変わらないのです。あいつには我慢ならないですね。わたしたちと心をひとつにしたことなど一度もないではありませんか。カリフラワー、運送業？　あいつの眼中にはないですよ。あいつのせいで、この町の野菜は腐ろうとしている！　あいつは指一本動かそうとしない！　十九年間もわたしたちから選挙資金をもらっておきながら。いや、二十年になりますかな？　そのあいだ、皿に盛りつけられたカリフラワーしか見てこなかった！　ガレージのひとつでも見にきたことがありますか？

ブッチャー　たしかに。

クラーク　地獄に落ちるがいい！

ブッチャー　いいや、地獄に落ちられては困る！　わたしたちのところに来てもらわなくては！

フレーク　どういうことです？　あの男はわたしたちを見捨てる、とクラークさんが言ったばかりじゃないですか。

ブッチャー　クラークさんはその理由も明かしています。

クラーク　あいつには、神も仏もない！

ブッチャー　そのとおり！　あの人に足りないものは何か？　知識です。ドッグズバローには、わたしたちの気持ちがわからないのです。問題は、ドッグズバローにそれをどうやってわからせるかですな。さて、どうしたらいいか？　納得させるほかないでしょう！　あの人には気の毒ですが、いい考えがあります。お耳拝借！

（文字が浮かび上がる）

一九二九年から一九三二年。世界大恐慌がドイツに大打撃を与えた。その危機のさなか、プロイセンのユンカーなる地主貴族たちが国家から借り入れをしようともくろんだ。ただし不首尾に終わる。

1a

農産物取引所の前。フレークとシートが会話中。

シート　すっかり駆けずりまわりました。ポンティオからピラトへって調子で。ところがポンティオは旅行中、ピラトは入浴中。友人はみな、背を向けてしまった！　兄は弟に会う前に古物商から古いブーツを買う。弟に金をせびられたくないがばかりに！　古い仲間も戦々恐々、お互い偽名で話す始末！　町中が財布のひもを締めてしまっています。
フレーク　わたしの提案はどうなっていますか？
シート　会社を手放す件ですか？　お断りします。チップ程度の金でたらふく食って、おまけに、おありがとうございい、と言わせようというのですか！　わたしがあなた方をどう思っているか、言わずにおきましょう。
フレーク　値を吊り上げようとしてもだめですぞ。
シート　友だち甲斐がない。わかっていますとも。

フレーク　金は今や貴重ですのでね。
シート　金が貴重なのはそれを必要としている者のところです。そして、誰が必要としているか知っているのは、友だちをおいてほかにいません。
フレーク　水運会社を維持するのは無理でしょう。
シート　そしてあなたはわたしが妻を養いつづけられないこともご存じというわけだ。
フレーク　売りさえすれば……。
シート　まだ一年はやっていけます。それよりどうしてわたしの水運会社に目をつけたのですか？
フレーク　わたしたちトラスト仲間であなたをお助けしたいのですよ。考えてもみなかったですかな？
シート　ええ、思いも寄らないことです。わたしの頭はどこについていたのでしょうかね？
　わたしが持っているものを買いたたいておいて助けるつもりとは！
フレーク　ひどいおっしゃりようですな。そんなでは、誰もあなたを泥沼から救い上げてくれませんぞ。
シート　あなたにかかっては、沼も干上がるでしょうな、フレークさん！
（男が三人ぶらぶらやってくる。ギャングのアルトゥロ・ウイと右腕のエルネスト・ローマと用心棒。ウイは通りすがりにフレークをじっと見つめる。声をかけてほしそうな風情。ローマは立ち去るときに振り返り、フレークにがんを飛ばす）
シート　あれは誰です？
フレーク　ギャングのアルトゥロ・ウイ。ところで会社を売ってくれさえすれば。
シート　あなたと話したがっているようでしたが。

フレーク （にがにがしげに笑いながら） そうなんですよ。
あいつはわたしたちをつけまわし、拳銃にものを言わせてカリフラワーの売買に絡もうとしているんです。あのウイのごとき手合いが最近はごろごろしています。伝染病〔原文はハンセン病〕のように町中に蔓延しています。どこから湧いてくるのやら。深い穴から出てくるとみんな思っています。略奪、誘拐、脅迫、恐喝、殺人。「手を上げろ！」「逃げても無駄だ！」根絶やしにしなければ。
シート （フレークをするどく見つめながら） 急ぎましょう。うつってしまう。

2

ドッグズバローの食堂の裏部屋。ドッグズバローとその息子がグラスをすすいでいる。ブッチャーとフレーク登場。

ドッグズバロー　無駄足だったな！　お断りだ！
おたくらの申し出はうさんくさい。腐った魚みたいにぷんぷんする。
ドッグズバロー・ジュニア　父さんはお断り。
ブッチャー　じゃあ、この話は忘れてください！　わたしたちがたずねて、あんたが断る。わかりました。だめってことですね。
ドッグズバロー　うさんくさい。その手の工事の内幕は知ってるさ。俺はやらない。
ドッグズバロー・ジュニア　父さんはやらない。
ブッチャー　わかったから、もう忘れてください。
ドッグズバロー　おたくらとは関わりを持ちたくない。市政ってのは、誰でもスプーンをつっこめるスープ皿とはちがうんだ。いまいましいことに、おたくらの仕事はうまくいっているじゃないか。

ブッチャー　言ったでしょう、フレーク。あなた方は悪い方にばかり考えすぎなんですよ。

ドッグズバロー　その通り。そんな考え方をしていては墓穴を掘る。おたくらは何を売っている？　カリフラワーだ。肉やパンに引けをとらないいい品じゃないか。肉もパンも野菜も、人間には欠かせないものだ。ステーキにはオニオン、羊肉には豆。それをけちったら、客が寄りつかなくなる！　今はちょっと客がすくないが、新しいスーツを買うときはいろいろ品定めするものだ。町の景気はいいから、野菜を買うのに十セントをけちる者などいるものか。心配はいらない。元気をだすんだ！　わかったか？

フレーク　あなたの話を聞いていると、元気がでますよ、ドッグズバローさん。頑張る気になります。

ブッチャー　わたしには解せないですなあ。あなたがカリフラワーにそんなに肩入れしてくださるとは。というのも、わたしたちが来たのは下心があってのことです。いいえ、あの件じゃないです。あの話はもういいです。ご心配なく。もうすこし目の前がぱっと明るくなる話です。わたしたちはそう願っているんですよ、ドッグズバローさん。あなたは以前、トラストに加盟している会社の社員食堂で店長をしていましたね。それから市政に身をささげるためわたしたちと袂を分かった。この六月であれから二十年になりますね。町が今あるのはひとえにあなたのおかげと言えます。そしてカリフラワー・トラストが今あるのは町のおかげ。トラストが大丈夫だと太鼓判がもらえて、こんなにうれしいことはありません。じつは昨日、わたしたちは二十周年のお祝いに、あなたへの尊敬の証、わたしたちが今でもあなたと懇意である証にですな、シート水運の株の過半数を二万ドルで進呈しようと決めたのです。これは時価の半額

以下です。（株券の束を机に置く）

ドッグズバロー　ブッチャー、なんの真似だ？

ブッチャー　正直に申し上げます。カリフラワー・トラストには感情に走る者などいませんが、昨日、貸付けについてのあなたの返答を聞いて、何人かが目に涙を浮かべました。誠実で容赦のないあのドッグズバローさんが健在だったからです。そのときある人がいいました。フレーク、安心したまえ、誰とはいわないから。で、その人いわく、「お、わたしたちはこれで天国へ行ける！」一拍置いてからでしたがね。

ドッグズバロー　ブッチャー、フレーク、何がいいたいんだ？

ブッチャー　何がって、あなたに提案しているんですよ！

フレーク　そしてぜひその提案を実現したいのです。あなたは正直な市民の鑑。グラスを洗いながら、わたしたちの魂まで洗い清めてくれる！　それでいて、客より豊かではない。心打たれます。

ドッグズバロー　なんと言ったらいいやら。

ブッチャー　言わないで結構。この包みを収めてください！　正直者には使い道があるでしょう、ね？　正しい道では黄金の馬車をあまり見かけません。そうそう、ここにおられるあなたのご子息は、評判がいいのに、預金通帳の中身はあまり芳しくないそうですな。

ドッグズバロー　シート水運の株か！

フレーク　水運会社がここから見えますね。だからご子息もいやな顔はしないでしょう。受けとってください！　どうかよしなに！

ドッグズバロー　（窓辺で）二十年間見てきた。
フレーク　そうでしょうね。
ドッグズバロー　で、シートはどうするんだ？
フレーク　ビール業界に鞍替えです。
ブッチャー　もう決まったことです。
ドッグズバロー　おたくらが心を入れ替えたのはいいことだが、それで水運会社をただ同然でくれるとはな。
フレーク　これは次善の策です。貸付けがうまくいかなくても、二万ドルを手にできるという寸法でして。
ブッチャー　それにわたしたちの株は株式市場で売りにだしずらいもので……。
ドッグズバロー　なるほどな。それなら悪い取引じゃない。まさか他にも何か条件をつけるつもりではないだろうな……。
フレーク　滅相も無い。
ドッグズバロー　二万ドルだっけ？
フレーク　高すぎですかね？
ドッグズバロー　いや、そんなことはない。あの水運会社で、俺は社員食堂の店長だった。他にまずい点がないなら……本当に貸付けのことはあきらめるんだな？
フレーク　いかにも。
ドッグズバロー　なるほど。息子にはいい話だ！　おたくらは腹を立てると思ったが、こんな提案をするとは！　どうだ、息子よ、正直者もときには報われる。おたくらがいうとおり、俺が死んだら、息子には名声以外にたいしたものは残らない。背に腹は変えられず悪事に手を染める輩が多いこの時世にな。

ブッチャー　受けてくれるなら胸のつかえがとれますよ。これで、ほら、あの馬鹿な申し出のことでは、わたしたちのあいだになんの後腐れもないということで！　これからもいろいろ助言してくださいな。ほら、さっきの正直に商売をしていれば、不況も乗り越えられるって話みたいに。なぜならあなたもこれでトラストの一員。そうでしょう？

（ドッグズバロー、彼の手をにぎる）

ドッグズバロー　ブッチャーとフレーク、株を買おう。

ドッグズバロー・ジュニア　父さんは買う。

（文字が浮かび上がる）

土地貴族の困窮に関心を持ってもらうべく、彼らはヒンデンブルク大統領に土地を進呈した。

3

一二二番街の場外馬券売り場。アルトゥロ・ウイと右腕のエルネスト・ローマ。用心棒【複数】が同行。
ラジオの競馬放送が聞こえる。ローマの隣にドックデージー。

ローマ　なあ、アルトゥロ。いったいいつまでそんなふうにどよんとして、惰眠をむさぼってるんだ。町中の噂になってるぜ。

ウイ　（にがにがしく）噂になってる？　俺の噂をする奴なんているものか。町の連中は忘れっぽい。名声なんてのも、短命でいけない。もう二か月、殺人事件がないから、忘れているさ。（新聞に目を通す）銃が沈黙すれば、ブン屋も沈黙する。俺が殺人事件を起こしても、記事になるかどうか。大事なのは事件そのものじゃなくて、その影響の大きさだ。そして影響の大きさは俺の預金通帳しだい。つまり、もうこうなったら、何もかも放りだしたい気分ってことだ。

ローマ　うちの若いもんも、金欠で弱ってる。モラルも低下しちまった。何もしないでいると、俺も腐っちまいそうだ。トランプカードしか射撃の的にできない奴は、腕がなまる。もう本部に顔をだす気にもならないぜ、アルトゥロ。情けないったらありゃしない。若いもんの目を見たら、「明日やるぞ」とはっぱをかける気も失せる。
八百屋からみかじめ料をとるっておまえの計画、いけてると思うんだがな。なんではじめないんだ？
ウイ　今はだめだ。下からではだめなんだ。時期尚早さ。
ローマ　「時期尚早」とはよく言うぜ！　トラストに追いだされてから早四か月、うだうだしてるだけじゃないか。計画！　計画！　だけど、生ぬるいんだよ！　トラストとの談判で気が抜けたか？　ハーパー銀行襲撃ではサツにまんまとやられた。あれがまだ効いてんのか？
ウイ　あいつら発砲しやがった！
ローマ　ただの威嚇射撃だったぜ！　狙い撃ちは違法だからな！
ウイ　きわどかった。証人がふたり足りなかったら、俺は今頃豚箱の中だ。
それにあの裁判官め！　二セントの価値もない奴だった！
ローマ　八百屋のためにサツは銃を使わない。あんときは銀行だから使ったのさ。なあ、アルトゥロ、十一番街からはじめようぜ！　ショーウィンドウを割って、商品に石油をぶっかけ、家具をぶっ壊して薪にする！　そういう調子で七番街までやるんだ。二日後、マヌエレ・ジーリがボタン穴にカーネーションを差して店をまわり、守ってやるともちかける。売り上げの一割でな。
ウイ　だめだ。守ってもらいたいのはこっちの方だ。サツと裁判官から守ってもらわないと。他の奴を守るどころじゃねえ。うまくやるには上を押さえないと。
（陰鬱に）俺が裁判官の手の内にいるように見せながら、こっちの手の内に裁判官がいるようでなくちゃ。

俺には手も足もでない。だからサツの野郎、どいつもこいつも俺に銃をぶっ放す。銀行強盗なんかやったら、死んだも同然だ。

ローマ　残るはジヴォラの計画だけだ。あいつは臭いものに鼻が利く。カリフラワー・トラストが臭いとあいつがいうなら、何かあるはずだ。ドッグズバローの提言で、市は貸付けをしたそうじゃないか。それから噂になってる。とっくに工事に入っていないとおかしいのにすこしも手がつけられていないとか。それなのに、ドッグズバローは建設に賛成している。誠実が服を着て歩いてるような、あのじじいがあんな臭い話に賛成するとはね。

おっ、あれは『スター・ジャーナル』の記者テッド・ラッグだ。あいつなら、もっと知ってるかもな。よう、テッド！

ラッグ　（すこしぼんやりしながら）やあ、みんな！　やあ、ローマ！　やあ、ウイ！　カプアはどうだい？

ウイ　なんの話だ？

ラッグ　ああ、なんでもないさ、ウイ。カプアってのは大昔に大軍が全滅した小さな町の名さ。だらけて、享楽にふけり、ろくに訓練もしなかったせいでね。

ウイ　なんだと！

ローマ　（ラッグに）喧嘩はよせ！　それよりカリフラワー・トラストに貸付けられた金の話をしてくれないか、テッド！

ラッグ　なんでだい？　カリフラワーの売買でもはじめるのか？　なるほどな！　あんたらも市から貸付けてもらおうって腹か。ドッグズバローに訊きなよ！　あいつならなんとかしてくれる。

（ドッグズバローを真似る）「健全な業界が一時的な不景気のあおりを受けて立ちゆかなくなってもいいと言うのでありますか？」

市当局も座視するわけにはいかなくなった。みんな、カリフラワーに感情移入する。あたかもそれが自分の一部ででもあるかのように。拳銃じゃそうはいかないでしょうな、アルトゥロ！

（他の客が笑う）

ローマ　ちょっかいだすな、テッド。あいつにユーモアは通じない。

ラッグ　わかっているとも。風の噂じゃ、ジヴォラがカポネになにやら掛け合ってるそうだな。

ドックデージー　（ひどく酔って）でたらめいわないで！　ジュゼッペのことは放っておいてよ！

ラッグ　ドックデージー！　いまでも短足ジヴォラの妾なのか？

（彼女を紹介する）落ち目になった二流どころの（ウイを指差す）三番目の子分の四号さんとは！　気の毒に！

ドックデージー　こいつの汚い口をふさいでちょうだい！

ラッグ　後世の人間がギャングに花環など編みはしない！　移り気な大衆は新しい英雄に乗り換える。過去の英雄など、忘却の彼方さ。人相書きは文書館でほこりをかぶる。

「おまえらに傷を負わせたのは俺様じゃないか？」

「いつの話？」

「昔さ！」

「ああ、その傷ならもうふさがったよ！」

そしてもっともきれいな傷痕さえ、その傷を負った奴らとともに消え去るもの！

「善良な行いが気づかれずに終わる世の中だ。悪い行いがわずかでも記録に残るわけがないだろう？」

「そりゃそうだ！」

「おお、腐った世界！」

ウイ　（わめきだす）そいつの口をふさげ！
ラッグ　（血相を変える）おい！　マスコミを敵にまわす気か！
（馬券売り場の客が驚いて立ち上がる）
ローマ　（ラッグを店から押しだす）テッド、もう帰れ。それだけ言えば充分だろう。とっととうせろ！
ラッグ　（あとずさる。恐怖にとらわれて）ほんじゃ！
（店から客がみるみるいなくなる）
ローマ　（ウイに）気が立ってるな、アルトゥロ。
ウイ　あいつら俺様をくず扱いしやがる。
ローマ　むりもないぜ。長いこと鳴りをひそめてんだから。
ウイ　（陰鬱に）ジーリはどこだ？　シート水運の経理係と無駄口たたいていたな？
ローマ　三時に経理係をここに連れてくると言ってた。
ウイ　それで、ジヴォラとカポネの件はどうなった？
ローマ　たいしたことじゃなかった。カポネはあいつの花屋に花環を買いにきただけだ。
ウイ　花環？　誰に？

ローマ　さあねえ、俺たちじゃない。
ウイ　どうだか。
ローマ　そりゃ、取り越し苦労ってもんだ。俺たちのことなんて、誰も気にしちゃいねえさ。
ウイ　だな！　ごみにももっと敬意を払ってもらいたいもんだ。ジヴォラは一度でも失敗したら逃げだす。
　誓って言うが、うまくいった時点で、あいつを始末する！
ローマ　ジーリ！
（マヌエレ・ジーリが落ちぶれた男ボウルを連れて登場）
ジーリ　こいつですよ、ボス！
ローマ　（ボウルに）てめえがシート水運の経理係で、カリフラワー・トラストにいる奴か？
ボウル　「いた」と言ったほうがいいです。経理係でした。先週までは。あの犬畜生のところに……。
ジーリ　こいつ、カリフラワーのにおいがするものは嫌いなんですよ。
ボウル　ドッグズバローの奴……。
ウイ　（急いで）ドッグズバローがどうした？
ローマ　ドッグズバローと何かあったのか？
ジーリ　訳ありのようなんで、連れてきたんです！
ボウル　ドッグズバローの奴にクビにされた。
ローマ　シート水運からか？
ボウル　あいつにじきじきに。じつは九月はじめから……

ローマ　なんだ？
ジーリ　水運会社はドッグズバローのものなんですよ。カリフラワー・トラストのブッチャーがあのおいぼれに株の過半数を譲ったとき、こいつもその場にいたんです。
ウイ　それで？
ボウル　とんでもないスキャンダルさ。
ジーリ　どうですか、親分？
ボウル　ドッグズバローはそれで市の莫大な貸付金をカリフラワー・トラストに融通したんだ。
ジーリ　しかも自分がトラストのメンバーであることを隠して！
ウイ　（だんだん事情が飲み込めて）賄賂だな！　いいぞ、これでドッグズバローはぐうの音もでまい！
ボウル　市の貸付けはカリフラワー・トラストに行ったが、金は水運会社を通した。やったのは俺だ。そして受領証の署名はドッグズバロー。シートじゃない。
ジーリ　とんでもない話でしょ！　ドッグズバローの野郎！　あいつの看板は錆びついてぼろぼろだ！　責任感の固まり。約束を守る男！　賄賂など効くはずのない清廉潔白な男！
ボウル　言うとおりにしてたのに、横領の疑いでクビ。あいつこそ……犬畜生だ！
ローマ　まあ、まあ！　こういう話が聞けるってことは、他にもはらわたが煮えくりかえってる奴がいるってことだ。どう思うよ、ウイ？
ウイ　（ボウルに）本当なんだな？
ジーリ　まちがいないす。

ウイ　（ふんぞりかえって去りながら）そいつから目を離すな！
　来い、ローマ！　こりゃ、ひと儲けできそうだ！
　（ウイ、エルネスト・ローマと用心棒【複数】を従え、急ぎ足で退場）
ジーリ　（ボウルの肩を叩く）ボウル、これでうまくいくぞ……。
ボウル　それで金は……。
ジーリ　心配すんな！　親分なら大丈夫だ。
　　（文字が浮かび上がる）
　一九三二年秋、アドルフ・ヒトラーの党と私設軍隊は資金難で解散の危機に瀕していた。ヒトラーは権力の座につこうと必死にもがいていた。だがヒンデンブルク大統領と話す機会はなかなか訪れなかった。

4

ドッグズバローの別宅。ドッグズバローとその息子。

ドッグズバロー　別宅なんてもらうんじゃなかった。株の半分をもらったことについてはやましいところなどない。
ドッグズバロー・ジュニア　絶対ないよ。
ドッグズバロー　貸付けを融通したことだってそうだ。繁盛していた業界が世界恐慌でつぶれると知っては仕方がないことだった。しかし、貸付けの提案をする前にこの別宅を受けとってしまったのはまずかった。自分の利益になることをこっそりやってしまったんだからな。
ドッグズバロー・ジュニア　そうだね、父さん。
ドッグズバロー　あれは間違いだった。あるいは間違いとみなされても仕方のないことだ。別宅なんてもらうんじゃなかった。
ドッグズバロー・ジュニア　そうだね。

ドッグズバロー　俺たちは罠にかかったんだ、息子。

ドッグズバロー・ジュニア　そうだね、父さん。

ドッグズバロー　あの株は酒場の店長が揚げた塩辛い小エビみたいなものだ。お通しでだされりゃ、多少空腹はおさまるが、その代わり喉が渇く。

（間）

ドッグズバロー　市議会で埠頭工事のことで疑義が出たのはまずい。貸付けはクラーク、ブッチャー、フレーク、キャラザーの懐に入り、俺ももらってしまった。それでいて一ポンドのセメントも買っていない！　シートが望んだので、俺はこの取引を世間に公表しなかった。あれは不幸中の幸いだ。あの水運会社に俺が関わっていることは誰も知らない。

召使い　（登場）カリフラワー・トラストのブッチャー様からお電話です！

ドッグズバロー　息子、おまえが出ろ！

（ドッグズバロー・ジュニア、召使いと共に退場。遠くでチャイムが鳴る）

ドッグズバロー　ブッチャーが何の用だ？

（窓から外を見ながら）あのポプラ並木はなかなかいい。湖も銀貨になる前の銀のようにきらきらしていていい眺めだ。古いビールのようなすっぱいにおいもしない。モミの木の眺めも悪くない。とくに梢がいい。くすんだ緑色。幹は子牛の皮とおなじ色だ。子牛の皮といえば、ビールを樽から注ぐときに敷物にしたっけな。だが決定的なのはやはりポプラだ。あのポプラ並木に惹かれたんだ。今日は日曜日だ。ふうむ。この世にこれほど悪がはびこっていなければ、鐘の音も穏やかに響くだろうに。日曜日に、ブッチャーは何の用だろう？　まったく別宅なんか……。

ドッグズバロー・ジュニア　（戻ってくる）父さん、ブッチャー氏の話では昨夜の市議会で、カリフラワー・トラストによる港の工事がどうなっているか調査すべきだという動議がだされたそうだよ！　父さん、どうしたの？

ドッグズバロー　カンフル剤をくれ！

ドッグズバロー・ジュニア　（渡す）はい、これ！

ドッグズバロー　ブッチャーはどうするつもりだ？

ドッグズバロー・ジュニア　これから来るって。

ドッグズバロー　ここへ？　俺は会わないぞ。気分がすぐれない。心臓が。（もったいぶって立ち上がる）この件には無関係だ。この六十年間ずっとまっすぐ歩いてきた。町のみんなが知っているはずだ。俺はあいつらの悪巧みとは関係ない。

ドッグズバロー・ジュニア　そうだね、父さん。大丈夫？

召使い　（戻ってくる）ウイ様が玄関においでです。

ドッグズバロー　あのギャングか！

召使い　はい。お顔は新聞で存じ上げております。カリフラワー・トラストのクラーク様から紹介されたとのことです。

ドッグズバロー　追い払え！　誰の紹介だと？　クラーク？　ギャングを寄こすとは、どういう了見だ？　俺は……。

（アルトゥロ・ウイとエルネスト・ローマ登場）

ウイ　ドッグズバローさん。

ドッグズバロー　出ていけ。

ローマ　まあ、そういわず！　そう急くことはないでしょう！　日曜なんだし。

ドッグズバロー　出ていけと言ってるんだ！

ドッグズバロー・ジュニア　父さんは言っている。出ていけ！

ローマ　かってに言ってろ。

ウイ　（動じず）ドッグズバローさん。

ドッグズバロー　召使いはどこだ。警察を呼べ！

ローマ　息子はここにいた方がいい！　廊下を見てみろ。うちの若いもんが数人いる。何か勘違いするかもしれない。

ドッグズバロー　暴力に訴えるのか。

ローマ　まさか、暴力なんて！　念のために言っただけさ、旦那。

（静寂）

ウイ　ドッグズバローさん。俺を知らないことはわかってる。それとも、耳にしているかな。だとするとなお悪い。ドッグズバローさん、俺は色眼鏡で見られているようだ。ねたみそねみがひどくてね、何をやっても、痛くない腹を探られる。

俺はブロンクス育ちで、十四年前、失業者としてこの町に流れてきて、この稼業をはじめた。成功したとはお世辞にも言えない。骨のある子分はいたが、たった七人だけで、軍資金もなかった。だけど俺とおなじで、どんなシノギでもやる根性があった。そしていまでは子分も三十人になった。これからもっと増えるだろう。あんたは、気になってるな。何の用だろうと。無理を言うつもりはない。望みはひとつだけ！色眼鏡で見てくれるなってことさ。ばくち打ちとか、山師とか、そんなふうに思われたくない！（せき払い）とにかく一目も二目も置いてる警察からはそう思われたくない。だからあんたの前に出て、いざというときは警察にうまくとりなしてもらいたいんだよ。言っとくが、俺はめったに頼みごとはしない。

ドッグズバロー　（疑わしげに）おたくの後ろ盾になれと言うのか？

ウイ　いざというときにな。それは俺たちが八百屋連中とうまくやれるかどうかにかかってる。

ドッグズバロー　なんでそこで八百屋が出てくるんだ？

ウイ　教えてやる。八百屋の用心棒になることにした。どんな厄介ごとも引き受ける。いざとなれば暴力に訴える。

ドッグズバロー　俺の知るかぎり八百屋が厄介ごとを抱えたためしはない。

ウイ　今まではな。だが俺は将来を見越して言ってる。いつまで安穏としていられるかな？　と。町に警察はいるが、役立たずで、腐敗している。いったいいつまで八百屋は安心して野菜を売れるかな？　明日の朝には八百屋の小さな店が悪党に叩き壊され、レジの金を盗まれないともかぎらない。それなら、今日のうちにちょっとしたみかじめ料を払って、がっつり保護してもらった方がいいってことにならないかね？

ドッグズバロー　俺はそんなのいらないと思うがな。

ウイ　そうかい。役に立つっていうのに、わかってくれないのか。まあ、そういうこともあるだろう。小さな八百屋は仕事熱心だが、融通がきかない。律儀だが、目端が効かない。強力な指導が必要だ。トラストのおかげで商売が成り立っているのに、恩に着ると言うことがない。
ドッグズバローさん、そこで俺の出番となる。トラストにも用心棒がいるってことさ。それでつけにする奴とはおさらばさ！　払うか、店をたたむか、ふたつにひとつ！　弱肉強食！　それが自然の法則だ！
つまりカリフラワー・トラストには俺が必要なんだよ。

ドッグズバロー　なんで俺がトラストの心配をしなくちゃならんのだ？　おたくは計画を持ちかける相手を間違えている。

ウイ　それについてはあとで話そう。あんたに必要なものが何か知ってるか？　カリフラワー・トラストには鉄拳が必要なんだ！　俺のところには三十人のいかつい子分がいる！

ドッグズバロー　トラストが、タイプライターの代わりに機関銃を欲しがるかどうか、俺にはわからん。俺はトラストのメンバーじゃないからな。

ウイ　そのことはあとで話そう。あんたはこういいたいんだろ。三十人の男どもが重武装してトラストに出入りする。自分たちははたして無事でいられるのかって。答えは簡単。権力はつねに金を払う者のところにある。そして給料袋を渡すのは、あんただ。俺があんたに手をだすわけがないじゃないか。たとえ俺にそういう気があったとしても、そしてあんたが俺を高く買ってくれなくても、俺に二言はない！　俺は今どんな状況だと思う？　子分がどのくらいいると思う？　何人か足抜けしたのを知ってるかい？　今日のところは二十人。欠けていなければな！　あんたが手を貸してくれなきゃ、俺はおしまいだ。ぜひとも今日はこの俺を敵から守ってもらいたい。じつを言えば、子分どももからもな！　この十四年やってきたことが水泡に帰そうなんだ！　男と見込んで頼む！

ドッグズバロー　俺が何をするか教えてやろう。警察を呼ぶ。

ウイ　警察を？

ドッグズバロー　そうとも、警察を呼ぶ。

ウイ　つまり、俺を助ける気はないんだな？（わめきちらす）それなら犯罪者であるきさまに要求する！　きさまは犯罪者だからな！　暴露してやる！　証拠はあるんだ！　きさまは港の工事スキャンダルで甘い汁を吸った！　シート水運はきさまの所有だ！　忠告しておく！　俺を外そうとしないことだ！　調査は決まったんだからな！

ドッグズバロー（青ざめる）調査など実施されないさ！　俺の友人たちが……

ウイ　友人なんているもんか！　それは昨日までのことだ。今はもう友人などいない。そして明日は敵だらけ。きさまを救えるのは俺だけだ！　アルトゥロ・ウイ！　俺だ！　俺様だ！

ドッグズバロー　調査なんておこなわれるもんか。俺にそんなことをする奴はいない。俺の髪は白くて……。

ウイ　おい、待て。髪の毛以外、きさまに白いところなんてない。ほら、ドッグズバロー！（ドッグズバローの手を握ろうとする）よく考えろ！　今のうちだ！　俺に任せろ！　ひとこと頼むと言ってくれさえすれば、あんたに仇なす奴をひとり残らずやっつけてやる！　ドッグズバロー、だからまず俺を助けてくれ。頼むよ！　たった一度でいいんだ！　あんたと合意できないと、子分に示しがつかない！（泣く）

ドッグズバロー　断る！　おたくと手を組むくらいなら、破滅した方がましだ！
ウイ　おしまいだ。わかっていたさ。俺は四十になる。それなのにこのざま！　あんたの助けがいるんだ！
ドッグズバロー　断る！
ウイ　それなら首を洗っておけ！　きさまをずたぼろにしてやる。
ドッグズバロー　俺の目が黒いうちは、絶対に、そう、絶対に八百屋の用心棒なんかさせるものか！
ウイ　（威厳を持って）いいだろう、ドッグズバロー。俺は四十、きさまは八十。つまり世の習いで、俺の方が長生きする！　八百屋業界にはどのみち食らいついてやる！
ドッグズバロー　させるか！
ウイ　ローマ、行くぞ。
（ウイは形だけのお辞儀をして、エルネスト・ローマとともに退室）
ドッグズバロー　換気しろ！　大口をたたきやがって！　よくもまあ、あんな大口をたたけたもんだ！　やはり別宅なんてもらうんじゃなかった！　ここまで調査しないといいが。さもないと万事休すだ！　そこまではしないだろう。
召使い　（入ってくる）市当局のグッドウィル様とギャッフルズ様です！
（グッドウィルとギャッフルズ登場）
グッドウィル　どうも、ドッグズバローさん！
ドッグズバロー　やあ、グッドウィル、ギャッフルズ！　何かあったかね？
グッドウィル　まずいことになっています。

今すれ違ったのって、アルトゥロ・ウイじゃありませんか？

ドッグズバロー　（作り笑いをしながら）ああ、本人だ。別宅にまで押しかけてこられて迷惑している。

グッドウィル　たしかに、迷惑ですね！　じつはここへ来ることになったのは他でもない、波止場を工事するためにカリフラワー・トラストに交付された貸付けの件でして。

ドッグズバロー　（身をこわばらす）貸付け？

ギャッフルズ　昨日、市議会でいろいろ指摘されまして。怒らないで聞いてください。少々臭いと言うんです。

ドッグズバロー　臭い。

グッドウィル　落ち着いてください！　大多数の人はその言葉に腹を立てましてね、取っ組み合いにならなかったのが不思議なくらいです！

ギャッフルズ　「ドッグズバローが交わした契約は臭い！」と誰かが叫んだんです。すると「それなら聖書はどうだ。あれにも臭いところがあるぞ！」って。それから、あなたを讃える声が上がりました、ドッグズバローさん！　あなたの友人たちがすぐに調査しろと要求したんです。われわれの自信満々な様子を見て、かなりの人たちが考えを変え、この話を終わりにしようとしました。しかし大半の人が、あなたの名に傷がつくことをよしとせず、こう訴えたんです。「ドッグズバロー、それはただの名前ではない。ただの男でもない。われわれの鑑だ！」と大騒ぎして調査案を通過させたのです。

ドッグズバロー　調査案通過。

グッドウィル　オケーシー調査官がことにあたります。カリフラワー・トラストのお歴々によると、貸付けはシート水運に直接渡り、建設会社との契約はシート水運によって結ばれたとか。
ドッグズバロー　シート水運。
グッドウィル　不偏不党で信頼できると評判の人間を送り込んで、汚名返上することを勧めます。
ドッグズバロー　たしかに。
ギャッフルズ　これで話はすみました。せっかくなので評判の新しい別宅を拝見させてください、ドッグズバローさん。話の種にしたいので！
ドッグズバロー　いいとも。
グッドウィル　平和の鐘だ！　なんでも揃ってるんですね！
ギャッフルズ　（笑いながら）波止場はないでしょうがね！
ドッグズバロー　あの男を送り込むしかない！

（一同ゆっくり退場）

（文字が浮かび上がる）

一九三三年一月ヒンデンブルク大統領はナチス党指導者ヒトラーに対して首相の地位に就けることを再三にわたって拒絶した。だが、東部救済スキャンダルを調査すると大統領は脅されてしまう。譲渡されたノイデック領に対する公的補助金を受けとりながら、それを本来の用途に使っていなかったからだ。

5

市議会。ブッチャー、フレーク、クラーク、マルベリー、キャラザー。彼らに相対して、顔面蒼白のドッグズバロー、オケーシー、ギャッフルズ、グッドウィルが並ぶ。報道陣。

ブッチャー　（小声で）あいつは何をやってるんでしょうな。
マルベリー　シートと来ると言っていましたよ。意見がまとまらないのではないでしょうか。夜を徹して話し合ったらしいです。シートは、水運会社が今でも自分の所有だと証言するに決まってます。
キャラザー　シートも不満でしょう。あいつひとりでやったことだと証言させられるんですから。
フレーク　シートは来ないでしょう。
クラーク　来てもらわなくては困る。
フレーク　自分から罪をかぶって五年の禁錮刑なんて受けると思いますか？
クラーク　だから金を積んだんでしょう。メーベル・シートには贅沢が必要。いまだに贅沢三昧が身に染みついていますからね。自白しますよ。どうせ監獄には入らないんだし。ドッグズバローがなんとかするはずです。

（新聞売りの少年の呼び声が響く。ひとりの記者が新聞を持ってくる）

ギャッフルズ　シートの死体が発見されました。ホテルで。ベストのポケットにはサンフランシスコ行きの切符が入っていました。

ブッチャー　シートが死んだ？

オケーシー　（記事を読む）殺されたな。

マルベリー　うわっ！

フレーク　（小声で）やはり来なかった。

ギャッフルズ　ドッグズバローさん、どうしました？

ドッグズバロー　（やっとの思いで）なんでもない。

オケーシー　シートの死は……。

クラーク　あわれなシートの思いがけない死で、調査は暗礁に乗り上げて……。

オケーシー　むろん、思いがけないことが思惑どおりに起きるというのはよくあることです。えてして、人は思いがけない展開を期待しているもの。人生とはそういうものです。これはまいった。まさかわたしまでシート氏のところに行かされたりはしないでしょうな。この新聞によると、シート氏は昨夜、口を固く閉ざしたとある。

マルベリー　どういうことです？　貸付けは水運会社に渡った。そういうことじゃないんですか？

オケーシー　そうです。しかし、問題は水運会社のオーナーが誰かということです。

フレーク　（小声で）おかしなことを訊く！　まだ何か隠し球があるようですな！
クラーク　（小声で）なんでしょうか？
オケーシー　どうしました、ドッグズバロー？　気分が悪いのですか？
（他の人々に）つまりこういうことです。シート氏は葬られることで、他の悪事まで背負わされた。どうやら……。
クラーク　オケーシー調査官、あまり詮索しない方がいいでしょう。この町では死んだ者にむち打つのは御法度です。
マルベリー　口は慎みませんと。聞くところによると、ドッグズバローさんはすべてを説明できる人物を指名したそうじゃないですか。その人を待ちましょうよ！
オケーシー　その人物がなかなかあらわれませんな。姿を見せれば、シート氏のこと以外にもいろいろ語ってくれることを期待します。
フレーク　わたしどもも、その人物が事実を語ってくれれば充分。
オケーシー　信用のおける人物なのでしょうな？　それなら悪くないのですが。
シート氏が昨夜死んだという事実で、すべて明らかになったも同然ですがな。
（ドッグズバローに）あなたが選んだのが立派な人物であるといいのですが。
クラーク　（鋭く）まあ、見ればわかるでしょう。ほら、やって来た。
（アルトゥロ・ウイとエルネスト・ローマ登場、用心棒【複数】を従えている）
ウイ　やあ、クラークさん。やあ、ドッグズバローさん。やあ、やあ。

クラーク　こんにちは、ウイ！
ウイ　で、俺に何の用だい？
オケーシー　（ドッグズバローに）あなたが指名したのは、この男？
クラーク　そうです。不満ですか？
グッドウィル　ドッグズバローさん、これは……？
オケーシー　（報道陣がざわついたので）静粛に！
新聞記者　ウイだぞ！
（笑い声。オケーシーが黙らせる。それから用心棒を伺う）
オケーシー　あの者たちは？
ウイ　仲間さ。
オケーシー　（ローマに）あなたは？
ウイ　俺の代理人エルネスト・ローマ。
ギャッフルズ　待ってください！　ドッグズバローさん、本気ですか？
（ドッグズバロー、沈黙）
オケーシー　ウイさん、ドッグズバロー氏が黙っているところを見ると、あなたは彼に信頼され、わたしたちの信頼も勝ちとろうとしているようですな。では、契約書はどこですか？
ウイ　契約書？
クラーク　（オケーシーがグッドウィルを見たので）水運会社が港の工事のために建設会社と交わした契約書

です。

ウイ　そんな契約書なんて知りませんな。

オケーシー　知らない？

クラーク　契約書はないというのか？

オケーシー　（急いで）あなたはシート氏に事情聴取しましたか？

ウイ　（首を横に振る）いいえ。

クラーク　シート氏に事情聴取していない？

ウイ　（激しく）どこのどいつだ、俺がシートに事情聴取したなんて嘘をつく奴は。

オケーシー　ウイさん、あなたはドッグズバローの依頼でこの件を調べたのではないのですか？

ウイ　ああ、調べたよ。

オケーシー　それで、何か成果はありましたか？

ウイ　もちろん。真実を突き止めるのは容易じゃなかったし、結果は芳しいものじゃなかった。俺はドッグズバローさんに頼まれて、この町のため、金の行方を調べた。なにせ俺たちの税金が水運会社に託されたわけだからね。調べてみて驚いたのなんの、ねこばばされていた。これが第一点。第二点は、じゃあ、誰がねこばばしたのかってことだ。このことも調べてみた。残念なことに犯人は……

オケーシー　誰ですか？

ウイ　シートさ。

オケーシー　シートですと！　あなたが事情聴取もしていない、今では口も利けないシート！

ウイ　みんな、なんて顔をしてるんだ？　犯人はシートだよ。
クラーク　シートは死んだのですか？
ウイ　死んだ？　俺はシセロに泊まっていたもんでね。だから何も聞いてない。ローマもいっしょだった。

（間）

ローマ　おかしな話だな。このタイミングでって、これが偶然と思えるか？
ウイ　諸君、これは偶然じゃない。シートが自殺したのはすねに傷をもつ身だったからだ。とんでもないことだ！
オケーシー　自殺ではありません。
ウイ　はあ？　俺とローマは昨夜シセロにいたもんで、知らなかったが、これではっきりした。シートは実直な実業家のふりをして、本当はギャングだった！
オケーシー　もういいです。昨夜あんな最期を遂げたシートになら、どんなとんでもない濡れ衣でもなすりつけられますからな、ウイさん。
さて、ドッグズバロー！
ドッグズバロー　なんです？
ブッチャー　ドッグズバローがどうした？
オケーシー　ウイ氏によれば、貸付金を受けとり、横領したのは水運会社となります。
次なる問題は、水運会社のオーナーが誰かということです。会社はシートの名を冠していますが、それは名ばかりのこと。実質的なオーナーは誰だったか。シートがオーナーだったのか？　シートなら言うことができたでしょう。しかし、ウイ氏がシセロに行っているあいだに、口が利けなくなってしまいました。この詐欺事件が起きたとき、別の誰かがオーナーだった可能性はないですか？
どう思います、ドッグズバロー？

ドッグズバロー　俺？

オケーシー　そうです。工事の契約が結ばれずに終わったとき、あなたが社長の椅子にすわっていたのではありませんか？

グッドウィル　オケーシー！

ギャッフルズ　（オケーシーに）ドッグズバローさんが？　何を言いだすんだ！

ドッグズバロー　俺は……。

オケーシー　あなたが市議会でカリフラワー・トラストの窮状を訴え、貸付けをしなければならないと主張したとき、それはご自分の都合から出た言葉だったのではないですか？

ブッチャー　なんてことを言うんだ。彼の気分がすぐれないのが見てわからないのか？

キャラザー　年寄りをつかまえて！

フレーク　彼の白髪を見れば、そんな破廉恥なことをするわけがないとわかるはずだ。

ローマ　証拠を見せろ！

オケーシー　証拠は……

ウイ　静粛に！　みんな、秩序を守れ！

ギャッフルズ　（大声で）なんてことだ。ドッグズバローさん、何か言ってくれ。

用心棒　（突然怒鳴る）親分が静かにしろと言ってるんだ！　静かにしろ！

（突然の静寂）

ウイ　発言したい。老人がののしられ、友人たちが何も言えずに立ちつくしている。この恥ずべき瞬間に、ぜひとも言っておきたいことがある。「ドッグズバローさん、あなたを信じる」と。この御仁が罪を犯したように見えるかね？　そんな曲がったことをしてきたように見えるのか？　ここではもう白は白でなく、黒は黒ではないと言うのか？　まったく世も末だ。

クラーク　真面目一方の御仁に罪を問うのか？　贈賄罪だと？

オケーシー　贈賄罪ではない、これは詐欺だ！　いろいろ悪い噂の絶えないあの水運会社はシートがオーナーのように見えるが、貸付けされたときはドッグズバローの所有だった！

マルベリー　嘘だ！

キャラザー　ドッグズバローのためならこの首を賭けてもいい！　町中の人を呼んでこい！　彼が黒だという奴をひとりでも見つけてみろ！

新聞記者　（ちょうど入ってきた記者に）たった今、ドッグズバローが弾劾されたぞ！

別の新聞記者　ドッグズバローが？　それじゃ、リンカーンだって悪党にならないか？

マルベリーとフレーク　証人をだしたまえ！　証人をだしたまえ！

オケーシー　証人ですか？　証人をだせと言うのですな？　では、スミス、証人はどうかね？　来ているかね？　来ているのを見たが。

（部下のひとりがドアから入ってきて合図する。全員がドアの方を見る。短い間。それから銃声と騒音。

（大騒ぎ。新聞記者たちが外に駆けだす）

新聞記者たち　建物の前だ。機関銃だった。オケーシー、証人の名は？　騒然としている。ウイがやったな！

オケーシー　（ドアのところへ行く）ボウル。

（外に向かって叫ぶ）こっちだ！

カリフラワー・トラストの面々　どうなってるんでしょう？　誰かが階段で撃たれたようですな。おお、恐ろしや！

ブッチャー　（ウイに）また騒ぎを起こしたのか？　ウイ、こんなことでは縁を切るほかないぞ……

ウイ　そうかい？

オケーシー　中に運び込め！

（警官たちが死体を運び込む）

ボウルです。みなさん、わたしの証人にはもう尋問ができなくなりました。

（オケーシー、急いで退場。警官たちはボウルの死体を隅に置く）

ドッグズバロー　ギャッフルズ、わたしをここから連れだしてくれ。

（ギャッフルズは答えず、彼のそばを通って出ていく）

ウイ　（ドッグズバローに手を差しだす）おめでとう、ドッグズバロー！　白黒つけたかったんだ。なんとしてもな。

（文字が浮かび上がる）

東部救済金の横領と脱税を暴露すると首相のシュライヒャー将軍に脅され、ヒンデンブルクは一九三三年一月三〇日ヒトラーに権力を渡す。調査は打ち切られた。

6

マンモスホテル。ウイのスイートルーム。ふたりの用心棒がボロをまとった役者をウイの前に連れてくる。背後にジヴォラ。

用心棒1　親分、役者を連れてきやした。武器は持ってません。

用心棒2　チャカを買う金なんて持ってないすよ。金回りがいいのは、酒場で金持ち連中相手に何か朗読したときだけって体たらくでさあ。芝居はうまいそうです。古典劇の役者です。

ウイ　おまえ、よく聞け。俺はしゃべり方がまだなってないって言われた。だが、いろいろとしゃべる機会がある。とくに政治がらみでな。だからレッスンを受けたい。身振り手振りもな。

役者　わかりました。

ウイ　鏡を持ってこい！

（用心棒が大きな鏡を持ってくる）

ウイ　まず歩き方だ。芝居やオペラではどんなふうに歩くんだ？

役者　なるほど。大きく見せたいんですね。
ジュリアス・シーザー。ハムレット。ロミオ。シェイクスピアの芝居。
ウイ親分、あなたはお目が高い。古典的な身振り手振りなら、このマホニーめが十分で教えてしんぜます。みなさんの目の前にいるのは悲劇の見本です。わたしはイギリスの作家シェイクスピアで身を滅ぼしました。シェイクスピアさえいなければ、今頃ブロードウェイで脚光を浴びていたでしょう。まったく悲劇です。
「イプセンをやるのに、シェイクスピア風にやる奴がいるか、マホニー！　今いつだと思ってるんだ。一九一二年だぞ」
そこで、わたしは言ったもんです。
「芸術に流行廃れはない。わたしは芸術をやっているんだ」と。
ジヴォラ　いやはや、どうも。これはだめでしょう、親分。こいつは時代遅れだ。
ウイ　今にわかる。シェイクスピア風がどんな歩き方かちょっと見せてみろ！
（役者、歩きまわる）
ウイ　よし！
ジヴォラ　だけど八百屋の前でこんな歩き方をするんですか？　不自然ですよ！
ウイ　不自然とはどういうことだ？　今どき自然な人間なんているものか。俺は目立つ歩き方がしたい。（役者の歩き方を真似る）
役者　頭を後ろにそらして。

（ウイ、頭をそらす）

足はつま先から先に床につける。

（ウイはまずつま先から床につける）

お見事。すばらしい。素質がありますな。ただ腕がまだお留守です。動きがぎこちない。待ってください。両手を股間の前で組んでみましょう。

（ウイは歩きながら両手を股間の前で組む）

悪くないです。わざとらしくせず、でも体を引き締めましょう。頭をそらして。そうです。そういう歩き方をすれば、目的は果たせるでしょう。他にお望みは？

ウイ　立ち姿だな。大衆の前で。

ジヴォラ　屈強な子分をふたり後ろに立たせれば、様になりますぜ。

ウイ　そりゃだめだ。俺が立つときは、後ろのふたりじゃなく、俺に目が行くようにしたいんだ。おい、立ち姿を直してくれ！（ポーズをとり、胸元で腕を組む）

役者　それもありです。しかし月並みですね。床屋に見せたいわけではないのでしょ。腕を組むなら、こうです。（腕を交差させ、手の甲が見えるように上腕に置く）ひと工夫するだけで、見違えます。鏡をご覧ください、ウイ親分！

（ウイは新しい腕のポーズを鏡で確かめる）

ウイ　これはいい。

ジヴォラ　なんのためにそんなことを？　トラストのお歴々と張り合うためですか？

ウイ　もちろんちがう。言うまでもなく一般大衆向けだ。クラークがトラストででかい顔をしているのはなんのためだと思う？　仲間と張り合うためじゃない！仲間に対してなら、銀行の預金額を見せれば充分だ。俺だって目的によっては、若いもんを手なずけることくらいできる。クラークは民衆に対して恰好をつけてるんだ。俺もそうする。

ジヴォラ　そういっても、板についてなくちゃだめでしょう。はじめから向かない奴もいるわけで。

ウイ　そういう奴もいる。だけど大学教授とか、そういう利口な連中はどうだっていい。大事なのはちっぽけな奴がどうやって大物を演じられるかだ。わかったか。

ジヴォラ　だけど、なんで大物のふりなんてしなきゃいけないんです？　実直で、粗野で、目に隈を作ってる方が受けないですかね、親分？

ウイ　それならドッグズバローがいる。

ジヴォラ　奴はもう落ち目だと思いますけど。今のところ帳簿上じゃ貸し方ですが、価値があっても、あのおいぼれは担ぎだせないでしょう。張りぼてかもしれませんから……。ほら、感動して頁をめくってたら、黄ばんだ頁のあいだから南京虫の死骸が出てくる聖書ってなもんです。もちろんトラストにはまだ使い道があるでしょうが。

ウイ　誰を担ぎ上げるか、決めるのは俺だ。

ジヴォラ　もちろんです、親分。ドッグズバローはまだ使えますすよ。市議会でも欠かせない存在ですし。

ウイ　今度はすわり方だ。

役者　すわり方。一番難しいと言えるでしょう、ウイ親分。

歩き方を心得ている人はいます。立ち方を心得ている人もいます。しかし、すわり方を心得ている人はどこにいるでしょうか？背もたれのある椅子にすわってみてください、ウイ親分。もたれかからない。手は膝に。腹にそわせて、ひじは体から離す。その恰好でどのくらいすわっていられますか？

ウイ　いくらでも。

役者　では、それでいいでしょう、ウイ親分。

ジヴォラ　どうですか、親分、ドッグズバローの遺産をジーリに任せるってのは。あいつは肝心の大衆がいなくても、大衆ってものがわかってますからね。滑稽な真似がうまいし、いざとなれば、天井の漆喰がはげ落ちてくるほど大笑いができる。それに必要がなくても笑える。たとえば親分がブロンクス出身といって登場するときとかに。あれは嘘じゃないですしね。あるいは、うちの七人のつっぱりのことを話題に……。

ウイ　ほう、奴はそんなに笑うのか。

ジヴォラ　天井の漆喰がはげ落ちてくるほどに。でも、あいつにはいわないでください。さもないと、恨まれちまいますんで。それより、あいつの帽子集めを辞めさせてくださいな。

ウイ　帽子集めだと？

ジヴォラ　撃ち殺した奴の帽子を集めてるんですよ。それをかぶって人前を歩きまわるんですから、趣味が悪い。

ウイ　あいつには苦労をかけさせている。大目に見てやれ。そういうささいなことは見逃すことにしている。

役者 （役者に）さあ、今度は演説だ！　ちょっと実演してみろ！
シェイクスピアがいいでしょう。他はだめです。シーザー。古代の英雄。（ポケットから小さな本をだす）アントニーの弔辞なんかいかがです？　シーザーの棺のそばで暗殺の張本人ブルータスに対してやったものです。大衆を扇動する演説の模範で、とっても有名です。わたしは一九〇八年の脂の乗っていた時期にアントニーを演じました。あれがいいですよ、ウイ親分。

（役者はポーズをとり、アントニーの弔辞を一行一行朗読する）

役者 友よ、ローマ人よ、耳を貸したまえ！

（ウイは本を見ながら役者の真似をする。ときどき役者に直される。だが基本的に切れ切れで粗野な口調は変わらない）


役者 わたしがここへ来たのは、シーザーを葬るためで、褒め称えるためではない。

悪行はそれに手を染めた者の死後も残る。

シーザーもかくあれ！　高潔なるブルータスは諸君に断言した。

シーザーに野心があったと。そうであるなら嘆かわしいことだ。

シーザーはその代償を払ったことになる。


ウイ （ひとりでつづける）ブルータスは公明正大であり、諸君らも、公明正大。

だからわたしはブルータスの許可をえて、シーザーの骸のそばで弔辞を述べる。

シーザーはわたしの友だった。誠実に接してくれた。

ところがブルータスは言う、シーザーに野心があったと。

たしかにブルータスは公明正大な人物だ。
シーザーは多くの捕虜をローマに連れ帰り、身代金でローマの国庫を潤わせた。
かかるシーザーに野心があったというのだろうか？
貧しい者が泣けば、シーザーも涙を流した。
野心とはもっと冷酷なものではないだろうか。
ところがブルータスは言う、シーザーに野心があったと。
たしかにブルータスは公明正大な人物だ。
諸君はみな見たはずだ。ルペルクスの祭でわたしはシーザーに三度王冠を捧げたが、
あの方はそれを辞退した。野心があったと言えるだろうか。
ところがブルータスは言う、シーザーに野心があったと。
たしかにブルータスは公明正大な人物だ。
わたしはブルータスの言うことを否定するつもりはない。
ただ知っていることをいわんがためにここにいる。
諸君はかつてシーザーを愛した。愛するだけの理由があった。
ならば今、諸君はなぜシーザーの死を悼もうとしないのか。
（最後の数行を読むあいだにゆっくり幕が下りる）

（文字が浮かび上がる）

聞くところによれば、ヒトラーは田舎役者のバージルから朗読のコツや品のよい身振りの手ほどきを受けた。

7

カリフラワー・トラストのオフィス。アルトゥロ・ウイ、エルネスト・ローマ、ジュゼッペ・ジヴォラ、マヌエレ・ジーリと用心棒たち。八百屋の一団がウイの演説を聞いている。演壇ではウイの横にドッグズバローが具合悪そうにすわっている。背後にクラーク。

ウイ　（わめきちらす）殺人！　殺戮！　恐喝！　横暴！　略奪！　公道で銃声が鳴り響く！　仕事に励む男たちや、証言するべく市議会に赴く穏健な市民が白昼堂々殺されたのだ！　市当局は何をしているのか、とわたしは問いたい。何もしていないではないか！　おえらいさんは裏で何か画策していると見える。なんら対処することなく、正直者から名誉を奪わんとしている。

ジヴォラ　聞け！

ウイ　町は大混乱だ。みんなが好き勝手やり、エゴイズムをむきだしにすれば、混乱するのは道理。わたしは平和に八百屋を営みたいのだ。カリフラワーを積んだトラックの運転、そういうことがしたい。だけど、いかつい奴が店に踏み込んで「手を上げろ」と叫んだり、拳銃でタイヤを撃ってパンクさせたりしたら、平穏でいられるか！　しかし人間なんてそんなもので、おとなしい子羊じゃないとわかれば、手をこまねいているわけにいかない。

店を踏み荒らされるなんてごめんだ。手を上げろなどと言われるのもごめんだ。手を使うなら、仕事に役立てたいじゃないか。キュウリを数えたりとかそういうことでな。それが人間というもの。人間は絶対に自分から銃を捨てたりしない。その方が恰好がいいし、市議会の太鼓持ちが持ち上げてくれるからだ。こっちが撃たなければ、あっちが撃ってくる！　それが世の習い。それならどうすればいいのだ、と諸君は問うだろう。では聞くがいい。まずはじめに言っておく。これまでのやり方ではだめだということだ。何もせずレジにへばりついて、万事うまくいくと期待しても、そのうち仲間割れして、ばらばらになるだろう。諸君を保護し、面倒を見る強い護衛がいなければ、ギャングには太刀打ちできない。それではだめなんだ。まず必要なのは団結だ。次は犠牲だ。

諸君の声が聞こえる。

「どんな犠牲を払えばいいんだ？」

「金を払って保護してもらうのか？　売り上げの三分の一？」

「いや、いや、そんなのはお断りだ」

「金がもったいない」

「ただで保護してくれるなら喜んで！」

親愛なる八百屋諸君、そうは問屋が下ろさない。ただでできるのは死ぬことだけだ。それ以外はすべて金がかかる。保護にも金がかかる。そして平穏と安全と平和にも！　人生とは、そういうものだ。決してそれを変えられない。だからわたしとここにいる部下たち、そして外に控えている者も含め、決めたのだ。諸君を保護する、と。

（ジヴォラとローマが拍手する）

しかも、すべては経済的基盤にかかっている。そこで諸君がご存じのクラーク青果卸売会社代表クラーク氏においで願った。

（ローマがクラークを引っぱりだす。数人の八百屋が拍手）

ジヴォラ　クラークさん、集会を代表して、あなたを歓迎します。カリフラワー・トラストがアルトゥロ・ウイのアイデアに肩入れしてくださるのは名誉なことです。感謝します、クラークさん！

クラーク　みなさん、わたしたちカリフラワー・トラストは、野菜を売りさばくのに苦労している現状を憂慮しています。「値上がりしすぎだ」という声を耳にしています。ではなぜ高いのでしょうか。梱包業者、倉庫業者、運送業者が悪い連中にそそのかされて料金を吊り上げたからです。ウイさんとその仲間に望まれるのは、こうした原因を取り除くことです。

八百屋一　だけど、庶民の収入が減る一方だ。こんなありさまで誰が野菜を買うかね？

ウイ　たしかにそこが問題だ。わたしの答えはこうだ。今日の世界ではどうやっても、労働者を無視することが、できない。顧客だからな。つねづね言っていることだが、まじめに働くことは恥ずべきことではない。建設的だし、利益をもたらす。だから必要なことだ。労働者ひとりひとりに、わたしは大いに好意を抱いている。ただし徒党を組み、思い上がって自分たちにはわからないこと、たとえば利益の生み出し方などに口を挟むのはいただけない。わたしは言おう。「同胞よ、待った。それはちがうぞ。おまえは労働者だ。働けばいいのだ。ストライキなどに躍起になって働かないのなら、もはや労働者ではない。危険分子だ。ただでは置かない」

(クラークが拍手する)

さて、何事も正しく行われるべきだ。今ここにひとりの人物に来てもらっている。こう言ってもいいだろう。それは値千金の誠実さと決して揺らぐことのないモラルの権化。ドッグズバロー氏である。

(八百屋たち、さらに強く拍手)

あなたには感謝しなければならない。つくづくそう感じている。神の思し召しで、わたしたちは一致団結した。あなたのような御仁が、わたしのようなブロンクス育ちの若造を友人、いや、息子として選んでくれたことを生涯忘れない。

(ウイはドッグズバローのだらんと下げた手をつかみ、握手する)

ジヴォラ　(小声で)感動の瞬間！　父と息子だ！

ジーリ　(前に進みでる)おまえら、親分は本心から言っている。見たところ、質問があるようだな。言うがいい！　怖がることはない！　俺たちに異を唱えなければ、危害は加えない。つまりこういうことだ。俺はぐだぐだ言うのが嫌いだ。「いや、だけど」とまぜ返すばかりの不毛な議論はとくに嫌いだ。だが今後の進め方について健全で積極的な提案なら喜んで聞くぞ。発言しろ！

(八百屋たち、身じろぎひとつしない)

ジヴォラ　(いやらしく)遠慮はいらない！　諸君は俺のことも、俺の花屋のことも知っているはずだ！

用心棒　ジヴォラ万歳！
ジヴォラ　保護か殺戮、どっちをとるのかな？　殺人、横暴、強盗、恐喝、どれがいい？
　やられたら、やりかえすでいいかな？
八百屋1　このところかなり穏やかでしたがね。うちの店じゃ、小競り合いなんてなかった。
八百屋2　うちもそうだ。
八百屋3　うちも。
ジヴォラ　妙だな！
八百屋2　聞くところでは、ウイさんが言うような騒ぎが最近酒場で起きているそうじゃないか。みかじめ
　料を払わないと、グラスが割られたり、酒をこぼされたりするとか。だけど、ありがたいことに八百屋は
　平穏なもんさ。
ローマ　シートが殺されたのにか？　ボウルも死んだぞ。それを平穏というのか？
八百屋2　それはカリフラワーと関係あるんですか、ローマさん？
ローマ　ちょっと待て！
　（ローマはウイのところへ行く。ウイは大演説で疲れ果て、放心してすわっている。二言三言言葉を交わ
　すと、ローマがジーリを手招きする。ジヴォラもそのあたふたとした密談に加わる。ジーリは用心棒の
　ひとりを手招きし、いっしょに足早に退場）
ジヴォラ　諸君！　今、聞き及んだことだが、ひとりの哀れな女性が諸君の前でウイ氏に感謝の言葉を述べ
　たいと言っている。ぜひ聞いてほしい。

（ジヴォラは後ろにさがり、化粧をして、目立つ服を着た人物、ドックデージーを連れてくる。彼女は少女の手を引いている。三人は、立ち上がったウイの前にすすみでる）

ジヴォラ　話したまえ、ボウル夫人！

（八百屋たちに）この方はボウル夫人、カリフラワー・トラストの経理主任ボウルの若き未亡人だ。夫は昨日、義務を果たすべく市議会に向かっているところ、何者かによって殺害された。ボウル夫人！

ドックデージー　ウイさん、わたしはあなたに心から感謝の意を申し上げます。わたしの哀れな夫は市民の義務を果たそうと市議会に向かっていたとき凶弾に倒れました。わたしは深い悲しみに暮れました。父親を奪われた六歳の娘とわたしに、あなたは花を贈ってくださいました。（集会の人々に）みなさん、わたしは哀れな未亡人にすぎません。でもウイさんがいなければ路頭に迷っていたでしょう。本当です。娘とわたしはあなたの恩を決して忘れません。

（ウイ、ドックデージーに手を差しだし、娘の顎をつかむ）

ジヴォラ　万歳！

（ボウルの帽子をかぶったジーリが集会の人混みを突っ切る。大きな石油缶を提げた数人のギャングがあとにつづく。一行は出口に向かう）

ウイ　ボウル夫人、お悔やみ申し上げる。この暴虐非道を見て見ぬふりはできない。なぜなら……。

ジヴォラ　（八百屋たちが立ち去りはじめたので）待て！　集会はまだ終わっちゃいないぞ。これから我らが友ジェイムズ・グリーンウールが哀れなボウル氏を悼んで歌を披露する。この哀れな未亡人のためにカンパをよろしく。グリーンウールはバリトン歌手だ。

（用心棒のひとり、前に出て感傷的な歌をうたう。歌詞には「故郷」という言葉がしつこいほど出てくる。ギャングたちは歌のあいだ、両手で頬杖をついたり、目を閉じて椅子の背にもたれかかったりしながら音楽に聞き惚れる。はじめはまばらだった拍手がしだいに大きくなる。だが拍手はいきなりパトカーと消防車のサイレンで中断する。背後の大きな窓が開く）

ローマ　ドック街で火事だ！

声　どこだ？

用心棒　（入ってくる）ここにフックという八百屋はいるか？

八百屋2　俺だ！　何があった！

用心棒　あんたの倉庫が燃えている。

（八百屋のフック、外に飛びだす。数人があとを追い、他の者たちは窓辺に駆け寄る）

ローマ　待て！　動くな！　誰もここから出ちゃいかん！

（用心棒に）放火か？

用心棒　ええ、間違いありません。石油缶が発見されています、ボス。

八百屋3　さっき石油缶を運ぶ奴らがいたぞ！

ローマ　（怒って）なんだと？　犯人は俺たちだとでも言うのか？

用心棒　（八百屋3の胸に拳銃を突きつける）何をここから運びだしたって？

石油缶だと？

別の用心棒　（他の商人たちに）ここで石油缶を見たか？　おまえはどうだ？

八百屋たち　見てない。俺も。

ローマ　当然だ！

ジヴォラ　（急いで）たった今、八百屋商売は平穏無事だと言った男の倉庫が炎上した！
非道な輩の手で倉庫は灰と化した！　まだわからないのか？　おまえたちの目は節穴か？　さあ、団結だ。早くしろい！

ウイ　（怒鳴る）この町もおしまいだ。まずは殺人、それから放火。どうだ、目がさめただろう！　みんなの心は決まったはずだ！

（文字が浮かび上がる）

一九三三年二月、国会議事堂炎上。ヒトラーは政敵に放火の罪をなすりつけ、長いナイフの夜のはじまりを告げる狼煙となった。

8

倉庫放火事件の裁判。報道機関。裁判官。検事。弁護人。ドッグズバロー・ジュニア。ジーリ。ジヴォラ。ドックデージー。用心棒。八百屋たちと被告人フィッシュ。

証言台にマヌエレ・ジーリが立ち、放心状態の被告人フィッシュを指差す。

ジーリ　（叫ぶ）あの男だ。あいつの邪悪な手が火をつけたんだ！　俺が捕まえたとき、あいつは石油缶を抱きしめていた。俺がおまえにしゃべっているときは立て。立つんだよ！

（フィッシュは無理矢理立たされる。ふらふらしながら立つ）

裁判官　被告人、しゃんとしなさい。ここは法廷です。あなたには放火の嫌疑がかかっています。ここであなたの運命が決まることを忘れないように！

フィッシュ　（舌がまわらない）アウアウアウアウ。

裁判官　石油缶はどこで手に入れたのですか？

フィッシュ　アウアウ。

（裁判官の目配せで、エレガントな服を着たけわしい表情の医者がフィッシュにかがみこみ、ジーリとちらっと視線を交わす）

医者　仮病です。

弁護人　弁護側は医者の交代を求めます。

裁判官　（微笑みながら）却下する。

弁護人　証人、フック氏の倉庫から出火し、合わせて二十二軒が灰燼に帰したとき、あなたはなぜその場にいたのですか？

ジーリ　俺は食後の散歩をしてたんだ。

（数人の用心棒が笑う。ジーリもいっしょに笑う）

弁護人　証人、あなたは被告人が失業者で、放火の前日にはじめて徒歩でシカゴにやってきたことをご存じですか？

ジーリ　そうかい？　だからなんだい？

弁護人　あなたの車のナンバーは×××××××ですか？

ジーリ　そうだけど。

弁護人　火事の四時間前、その車を八十七番街のドッグズバローの食堂の前に止めませんでしたか？　そして前後不覚の被告人フィッシュを乗せましたね？

ジーリ　さあねえ。その日は一日じゅうシセロに行っていたからなあ。あっちで五十二人と会っている。みんな、俺に会ったって証言すると思うよ。

（用心棒たち、笑う）

弁護人　今、あなたはシカゴのドック街で食後の散歩をしたといいましたが。

ジーリ　シセロで食事をして、シカゴで食後の散歩をしちゃいけないかい？

（大きな笑いがいつまでもつづく。裁判官までいっしょに笑う。暗転。オルガンがショパンの『葬送行進曲』をダンス音楽として奏でる）

8b

ふたたび明るくなる。八百屋のフックが証言台に向かってすわる。

弁護人　フックさん、あなたは被告人といざこざを起こしたことがありますか？　そもそも面識はありますか？

フック　ありません。

弁護人　ジーリさんを見たことはありますね？

フック　はい。うちの倉庫が放火された日、トラストのオフィスで。

弁護人　放火の前ですか？

フック　放火の直前です。石油缶を提げた男四人といっしょに、集会をしていた食堂の中を突っ切っていきました。

（報道陣席と用心棒たちが騒がしくなる）

裁判官　報道関係者は静粛に！

弁護人　あなたの倉庫と隣接しているのは誰の敷地ですか、フックさん？

フック　かつてシートさんが所有していた水運会社の敷地です。うちの倉庫とは通路でつながっています。

弁護人　フックさん、いまは水運会社にジーリさんが住んでいて水運会社の中庭に出入りできることは知っていますか？

フック　はい、彼は倉庫管理人です。

（報道陣席に大きなどよめき。用心棒たちはブーイングし、フック、弁護人、報道陣を威嚇する。ドッグズバロー・ジュニアが裁判官に駆け寄り、何か耳打ちする）

裁判官　静粛に！　被告人の体調がよくないため、公判を延期します。

（暗転。オルガンがショパンの『葬送行進曲』をダンス音楽として奏でつづける）

8c

明るくなると、フックが証言台に向かってすわっている。虚脱状態で、松葉杖を持ち、頭と両目に包帯。

検事　目がよく見えないのですか、フックさん？
フック　（やっとの思いで）そうです。
検事　あなたは人をしっかり見分けられますか？
フック　いいえ。
検事　たとえばそこにいる男ですがわかりますか？（ジーリを指差す）
フック　いいえ。
検事　今までに会ったことがありますか？
フック　いいえ。
検事　これは非常に重要な質問です、フックさん。答える前によう く考えてください。
あなたの倉庫は水運会社の敷地と隣接していますか？

フック　（間を置いて）いいえ。

検事　以上です。

（暗転。オルガンの演奏はつづく）

8e

〔8dは削除されている〕

ふたたび明るくなると、ジュゼッペ・ジヴォラが証言台に向かってすわっている。そばに用心棒グリーンウールが立っている。

検事　当法廷では、放火事件が起きる前、カリフラワー・トラストのオフィスから数人の者が石油缶を運びだしたとされています。何か知っていますか？
ジヴォラ　それはグリーンウールでしょう。
検事　グリーンウール氏はあなたの使用人ですね、ジヴォラさん？
ジヴォラ　そのとおりです。
検事　あなたの職業はなんですか、ジヴォラさん？
ジヴォラ　花屋です。
検事　それは、石油を大量に消費する商売ですね？
ジヴォラ　（まじめに）いいえ。アブラムシ退治に使うくらいです。

検事　グリーンウール氏はカリフラワー・トラストのオフィスで何をしていたのですか？

ジヴォラ　歌ってました。

検事　それでは石油缶をフックさんの倉庫に運ぶのは無理ですね。

ジヴォラ　絶対無理です。放火をするような人じゃありませんし、バリトン歌手ですから。

検事　放火事件が起きたときに、トラストのオフィスで歌っていたというすばらしい歌をグリーンウール氏に歌わせたいのですが。

裁判官　その必要は認められません。

ジヴォラ　抗議する。（立ち上がる）こういう追及の仕方は納得できない。血気盛んな若いものが、明るいところにだされてちょっと羽目をはずしたからって、悪党扱いするのかい。なめんじゃねえ。

（哄笑。暗転。オルガンの演奏つづく）

8f

ふたたび明るくなると、法廷は一様に疲労困憊している。

裁判官　マスコミは、当法廷がどこかから圧力をかけられ、職務をまともに遂行できない状況だとほのめかしています。当法廷は、どこからも圧力をかけられていませんし、職務を遂行できる状況であることを確認しました。これで説明は充分だと考えます。

検事　裁判官！　フィッシュ被告人はかたくなに認知症のふりをしているため、検察側はこれ以上尋問をつづけるのは不可能と判断します。そこで提案します……

弁護人　裁判官！　被告人が正気を取り戻しました。

（騒ぎ）

フィッシュ　（目を覚ましたように）あうああああうあああうああ。

弁護人　水だ！　裁判官、フィッシュ被告人への尋問を要求します！

（大騒ぎ）

検事　異議あり！　どう見ても、フィッシュ被告人が正常な精神状態にあるとは思えません。これは弁護側の画策です。センセーションを起こし、傍聴人の気を引こうとしているのです！

フィッシュ　水。（弁護人に支えられて立つ）

弁護人　尋問に答えられますか、フィッシュさん？

フィッシュ　ははあ。

弁護人　フィッシュさん、では訊きましょう。あなたは先月二十八日にドック街の野菜倉庫に放火しましたか？　「はい」か「いいえ」で答えてください。

フィッシュ　ははは。

弁護人　フィッシュさん、あなたがシカゴに来たのはいつですか？

フィッシュ　水。

弁護人　水を！

（ざわつく。ドッグズバロー・ジュニアが裁判官のところへ行き、興奮して話しかける）

ジーリ　（すっくと立ち上がり、怒鳴る）何か企んでる！　インチキだ！　インチキだ！

弁護人　あなたはその男（ジーリを指差す）に会ったことがありますか？

フィッシュ　はい。水。

弁護人　どこですか？　ドック街のドッグズバローの食堂ですか？

フィッシュ　（小声で）はい。

（大騒ぎ。用心棒たちは拳銃を抜いて、ブーイング。医者がグラスを持って駆けてくる。弁護人がそのグラスを手にとる前に、医者はフィッシュに中身を飲ませる）

弁護人　抗議します！　グラスの中身を検査していただきたい！
裁判官　（検事と視線を交わす）却下する。
弁護人　裁判官！　土でもふさぐことのできない真実の口が裁判官の判決という紙切れでふさがれようとしています。あなたの信用はまるつぶれになるでしょう！
当法廷は、「手を上げろ！」と脅されているのです。血なまぐさい騒動と対峙することになって一週間しか経っていないのに、司法機関まで骨抜きになるとは。いや、骨抜きどころか、暴力に屈し、辱められている。裁判官、裁判を中止していただきたい！
検事　異議あり！　異議あり！
ジーリ　この犬畜生！　買収されたな！　嘘つきめ！
きさまこそ、毒を盛ってるじゃねえか！　ここから出たら、臓物を引き抜いてやるからな！　犯罪者！
弁護人　この町でこの男を知らない者はいない！
ジーリ　（激高して）黙れ！
（裁判官がジーリの発言をさえぎろうとする）
おまえもだ！　おまえも黙りやがれ！　命が惜しければな！
（ジーリの息が切れたので、裁判官が発言する）
裁判官　静かに！　弁護人には法廷を侮辱した責任をとってもらいます。
ジーリさんの怒りは、当法廷もよく理解するところです。（弁護士に）つづけて！
弁護人　フィッシュさん！　ドッグズバローの食堂で何か飲まされましたか？

フィッシュさん！　フィッシュさん！

フィッシュ　（だらりと頭を下げて）アウアウアウ。

弁護人　フィッシュさん！　フィッシュさん！　フィッシュさん！

ジーリ　（怒鳴る）好きなだけそいつの名前を呼べばいい！　タイヤはあいにくパンクしてる！　この町を牛耳っているのが誰か、じきにわかる！

（どよめきのうちに暗転。オルガンがショパンの『葬送行進曲』をダンス音楽として奏でつづける）

8g

明るくなるのはこれで最後。裁判官が立ち、淡々と判決を言い渡す。フィッシュ被告人は真っ青。

裁判官　チャールズ・フィッシュ、放火の罪で禁錮十五年の刑を言い渡す。

（文字が浮かび上がる）

国会議事堂放火事件裁判という大きな裁判でライプチヒの最高裁判所は薬を飲まされた失業者の被告人に死刑を宣告した。真犯人は自由の身のままとなった。

9a

シセロ。蜂の巣になったトラックから血だらけの女が降りてきて、よろよろと前に出てくる。


女　助けて！　みんな！　逃げないで！　証人になってちょうだい！　夫が車の中で死んでいる！　助けて！　助けて！　わたしの腕もぐしゃぐしゃ……車もめちゃくちゃ！

腕に巻く布をちょうだい……あいつら、ビールのグラスからハエを払うように人を殺す！　神様！　お助けを！　もう誰もいない……うちの人も！　人殺し！　犯人はわかってる！

あのウイよ！

（激高して）怪物！　クズの中のクズ！　他のゴミがぞっとするほどのゴミ。あんたが体を洗おうとしたら、みんなが嫌がるでしょうね。あんたは最低のうじ虫！　みんな、どれだけ我慢してると思っているの！　わたしたちは死ぬ！　あんたのせいでね！　張本人はウイ！　ウイなのよ！

（すぐそばで機関銃が火を噴き、彼女は倒れる）

ウイとその子分たち！　どこにいるの？　助けて！　誰もこのペストを止められないの？

9

ドッグズバローの別宅。明け方。ドッグズバローは遺書と告白録を書いている。


ドッグズバロー　正直者として八十の齢を重ねてきたわたしドッグズバローなのに、あの血に飢えたギャングにせっつかれ、奴の行動を許してしまった。

ああ、なんたることだ。以前からわたしを知る者たちは「あの人は何も知らなかったんだ。もし知っていたら、絶対に黙っていなかった」と言っているらしい。

しかし、フックの倉庫に放火した奴を知っている。

哀れなフィッシュに薬を盛った奴も知っている。

シートが船の切符をポケットに入れて死んだとき、ローマが彼のところにいたことも知っている。

ジーリが市議会の前で白昼堂々、ボウルを撃ったのも知っている。

彼が正直者ドッグズバローのことを知りすぎたからだ。

ジーリがフックを殺したことも知っている。奴はフックの帽子をかぶっていた。

ジヴォラが五人を殺したことも知っている。その事情は別紙に書き残した。ウイの行状も知っている。シートとボウルの死から、ジヴォラによる殺人、放火事件の顛末まで。わたしはすべて知っていた。そして目をつむった。わたし、正直者ドッグズバローは金に目がくらみ、嫌疑をかけられたくないがばかりにそうしたのだ。

10

マンモスホテル。ウイのスイートルーム。ウイは深々とした椅子にすわり、遠くを見つめている。ジヴォラは何か書いている。ふたりの用心棒はジヴォラの肩越しににやにやしながら覗いている。


ジヴォラ「わたし、ドッグズバローは、勤勉なるジヴォラに酒場を、勇敢だが、すこし熱くなりやすいジーリに別宅を、誠実なローマにはわが息子を託す。また、願わくば、ジーリを裁判官に、ローマを警察署長にジヴォラを民生委員にしていただきたい。わたしの後継者にはアルトゥロ・ウイを推薦する。彼は後継者にふさわしい。正直者ドッグズバローを信じてほしい！」

よし、これで充分だろう。あとは、早くくたばってもらうだけだ。

この遺書は奇跡を起こすぞ。あのじじいの死期が近づいて、なんとかきれいな墓穴に埋められそうだとわかってから、みんな、死体洗いに躍起になってやがる。こぎれいな碑文が刻まれた墓石も必要だ。カラスの一族は昔から、本当にいるかどうかもわからないあの有名な白いカラスの七光りで生きてきた。あのじじいは、いわば連中の白いカラス。連中の白いカラスはああいう姿をしてるってこった。

親分、ジーリはあのじじいのことで出しゃばりすぎた。

ウイ　（腹を立てて）ジーリ？　ジーリがどうした？

ジヴォラ　なあにドッグズバローのことでちと出しゃばりすぎたって言ってんですよ。

ウイ　あいつは信用ならない。

（ジーリ登場。新しい帽子をかぶっている。フックの帽子）

ジヴォラ　俺も同感です！

ようジーリ、卒中の発作を起こしたドッグズバローの具合はどうだい？

ジーリ　あいつ、医者を入れさせない。

ジヴォラ　うちらの医者をか？　フィッシュの面倒をよく看てくれた医者だぞ。

ジーリ　他の医者は近づかないように俺が見張ってます。あのじじい、しゃべりすぎです。

ウイ　あいつに入れ知恵をする奴がいるってことか……。

ジーリ　なんだって？

（ジヴォラに）このスカンク野郎、また一発かましたな？

ジヴォラ　（心配して）遺書を読んでみな。ジーリ！

ジーリ　（遺書をひったくる）なんだって？　ローマさんが警察署長？　おまえら、頭は大丈夫か？

ジヴォラ　あの男の要求だ。俺だって反対だ、ジーリ。ローマの野郎はどうにも信用ならねえ。

（ローマ登場。用心棒を従えて）

ジヴォラ　やあ、ローマ！　この遺書を読んでみろよ！

ローマ　（遺書をジーリからひったくる）寄こせ！　ほう、ジーリが裁判官。それで、あのじじいの告白録とかいうくだらねえ文書は？
ジーリ　まだあいつの手元にあって、こっそり持ちだそうとしている。もう五回もあいつの息子をとっつかまえたんだが。
ローマ　（手を伸ばす）さっさとだせよ、ジーリ。
ジーリ　はあ？　俺は持ってない。
ローマ　持ってるくせに、犬畜生。
（ふたりは怒ってにらみ合う）
ローマ　てめえの企みなんか先刻承知だ。そこに書かれているシートの件には俺も絡んでる。
ジーリ　それを言うなら、そこに書かれているボウルの件には俺が絡んでる！
ローマ　そうだな。だが、てめえらは雑魚だが、俺は男だ。
ジーリ、てめえのことは知っている。ジヴォラ、てめえのこともな！　本当は足が悪くないってことも知ってんだぜ。それにしても、なんでいつもここでおまえらと会うんだ？　何を企んでる？　こいつら、おまえに何か吹き込んでるだろう、アルトゥロ？　いいかげんにしろよ！　何を企んでるかわかったら、血のシミみたいに拭きとってやるからな！
ジーリ　俺を殺し屋みたいに言うんじゃねえ！
ローマ　（用心棒たちに）こいつ、おまえらのことを言ってるぞ！　ひどい言われようだ！　本部じゃ、おまえらは殺し屋扱いだ！　こいつら、カリフラワー・トラストの役員連中とおなじ穴の狢さ。

（ジーリを指しながら）そのシルクのシャツ、クラークのところの仕立屋が作ったな。おまえら汚い仕事をしてる。

（ウイに）そしておまえはそれに目をつむっている。

ウイ　（目を覚ましたかのように）俺が何に目をつむってるだって？

ジヴォラ　ローマがキャラザーのところのトラックを撃たせたことさ！　キャラザーはトラストの人間だってのに。

ウイ　おまえら、キャラザーのトラックを襲ったのか？

ローマ　俺の子分どもが勝手にやったんだ。小さな店ばかり相手に血と汗を流して、でっかい運送会社には手出しができねえ。若いもんは、溜まってんのさ。畜生。俺も納得いかねえときがあるぜ、アルトゥロ！

ジヴォラ　トラストはお冠だ。

ジーリ　クラークが昨日言ってた。もう一度やったら、ただじゃ置かないってな。クラークはそのことでドッグズバローを訪ねた。

ウイ　（不快そうに）エルネスト、あれはまずかった。

ジーリ　引導を渡してください、親分！　このままじゃ、示しがつかない！

ジヴォラ　トラストがお冠なんですよ、親分！

ローマ　（拳銃を抜き、ふたりに銃口を向ける）よし、手を上げろ！

（用心棒たちに）おまえらもだ！　全員手を上げろ。これはお遊びじゃねえ！　壁のところに行け！

（ジヴォラ、その手下、ジーリが手を上げ、のろのろと壁際にさがる）

ウイ　（我関せず）どうしたんだ、エルネスト？　いいかげんにしろ！　何を争ってるんだ？　野菜運搬車を襲ったことか！　そんなのすぐ片がつく。それ以外は順調。いい調子じゃねえか。放火は大成功。八百屋は金を払っている。みかじめ料の身入りは三割だ！　一週間とかからず、町中が俺たちにひれ伏した。もう楯突く奴はいやしねえ。それに俺にはこのあと、もっとでっかい計画がある。

ジヴォラ　（急いで）そいつは気になりますね！

ジーリ　計画なんて糞くらえだ！　この手をさっさと下げさせてくれ！

ローマ　アルトゥロ、手を上げさせておいた方が無難だ。

ジヴォラ　いいのか？　クラークが入ってきて、これを見たらどう思うか！　エルネスト、チャカをしまえ！

ローマ　やなこった。目を覚ませ、アルトゥロ！　こいつら、おまえを手玉にとろうとしてるんだ。わからねえのか？　おまえをクラークやドッグズバローに売る気だ！「クラークが入ってきて、これを見たらどう思うか」だと？　水運会社の金はどこだ？　どこにもないじゃねえか。若いもんが店を銃撃したり、ふうふういいながら倉庫に石油缶を運んだりした。アルトゥロはなんでも言うとおりにした俺たちを見捨てるってのか。船主かお大尽みたいにふんぞりかえっているとは。目を覚ませ、アルトゥロ！

ジーリ　そうだ、そうやって本音をぶちまけるがいい。

ウイ　（飛び上がる）なんだと？　俺の胸にチャカを突きつけるってのか？　いい度胸だ。だがそんなことで俺がびびるものか。あきらめるんだな。俺を脅すのなら、これから先は自分の頭で考えろ。俺は情に篤いが、脅迫は我慢できない。俺を信じないのなら、自分の道を行けばいい。俺たちの関係はこれで清算する。俺にとって重要なのは、義務を果たすことだ。それもとことんまで！　そうすれば、何が報酬か教えてやる。なぜなら、報酬は奉仕のあとに得られるものだからだ！　俺がおまえらに要求することは、一にも信頼、二にも信頼だ。おまえらには信念が欠けている！　そして信念がなければ、何をやってもだめだ。俺がここまでのし上がったのは、なぜだと思う？　信念があったからだ！　やれると堅く信じたからだ！　そして信念を持って、信念のみを持って町にくらいつき、ひざまずかせた。俺は信念を持ってドッグズバローに近づいた。信念を持って、市議会に足を踏み入れた。不動の信念以外、何も持たずにやりとげた！

ローマ　それと、チャカもな！

ウイ　いいや。チャカは他の奴も持ってる。他の奴らにないのは、自分たちが指導者になるという断固とした気概だ。だから、おまえらは俺を信じなければならない！　信じる必要がある。信じろ！　俺がおまえらにとって最善のことを望み、何が最善か知っている、とな。そして俺たちを勝利に導く道を知っている、と。ドッグズバローがくたばったら、誰が何になるかは、俺が決める。俺に言えることはひとつ。おまえらは満足するだろう。

ジヴォラ　（胸に手を当てる）アルトゥロ！

ローマ　（不機嫌に）失せろ！

（ジーリ、ジヴォラ、ジヴォラの用心棒、手を上げたままゆっくり退場）

ジーリ　（退場しながらローマに）おまえの帽子、いいな。

ジヴォラ　（退場しながら）ローマの旦那……。

ローマ　行け！　笑いを忘れるな、道化のジーリ。泥棒のジヴォラ、なんだその小便もらしそうな足つきは。それもどこかで盗んできたのか？

（彼らが出ていくと、ウイはまた物思いにふける）

ウイ　ひとりにしてくれ！

ローマ　アルトゥロ、俺がもしおまえの言う信念を持ち合わせていなかったら、子分の目をまともに見られねえだろうな。俺たちは行動しなくちゃだめだ。それも即座に。ジーリは何かろくでもないことを企んでる！

ウイ　エルネスト！　俺は今、新しい大きな計画を練っているんだ。ジーリなんか忘れろ！　エルネスト、おまえは俺の一番のマブダチだ。忠実な右腕であるおまえには打ち明けよう。将来性のある新しい計画なんだ。

ローマ　（顔を輝かせる）聞かせてくれ！　ジーリのことも気になるが、後回しでかまわない。

（ローマはウイのそばにすわる。彼の子分たちは隅に立って待機している）

ウイ　俺たちはもうシカゴを手中にした。俺はもっと手を広げる。

ローマ　もっと？

ウイ　野菜の売買をここだけにとどめない。

ローマ　なるほど。だけど、どうやって手を広げるんだ？

ウイ　正面からこじあけるのもいいし、裏口を使うのもいいし、窓からもぐり込むのもいい。追い払われたり、連れてこられたり。声をかけられたり、罵られたり。脅迫もあれば、懇願もある。宣伝もあれば、罵倒もありだ。穏やかな暴力に、きつい抱擁。要するにここでやったことを繰り返す。

ローマ　だけど、ところ変われば品変わると言うぞ。

ウイ　リハーサルをやってみようと思ってる。小さな町でな。そうすれば、ところ変われば品変わるというのが本当かわかるだろう。俺は端から信じちゃいないがな。

ローマ　そのリハーサルをどこでやるんだ？

ウイ　シセロだ。

ローマ　だけどあそこにはダルフィートがいる。あいつは新聞で八百屋を団結させてる。毎週土曜に俺をシート殺しの犯人だとこき下ろしてる。

ウイ　やめさせるさ。

ローマ　まあな。ああいうブン屋にも敵はいる。黒インクに多くの人間が腹を立て、顔を真っ赤にする。俺はその典型だ。アルトゥロ、あの罵詈雑言をやめさせよう。

ウイ　すぐにやむはずだ。トラストがすでにシセロの町と交渉に入った。穏やかにカリフラワーを売りたいからな。

ローマ　誰が交渉してるんだ？

ウイ　クラークだ。だが難航している。俺たちのせいだ。

ローマ　そうか。クラークも絡んでるのか。クラークって奴は信用できないぞ。

ウイ　シセロじゃ、俺たちはトラストの金魚の糞だと言われてる。カリフラワーは欲しいが、俺たちはお呼びじゃないのさ。八百屋連中は俺たちを怖がっている。しかも連中だけじゃない。ダルフィートの妻はシセロで何年も前から輸入野菜を商っていて、トラストに入りたがっている。俺たちがいなければ、とっくに参加していただろう。

ローマ　それじゃ、シセロに進出するってのはおまえのアイデアじゃないのか？　トラストの計画ってことか？　アルトゥロ、ようやくわかったぞ。何もかも！　あそこで何が起きているのかはっきりした！

ウイ　どこのことだ？

ローマ　トラストさ！　ドッグズバローの別宅！　ドッグズバローの遺言！　トラストに言われたな！　あいつら、シセロと組もうとしている。おまえは邪魔なんだ。だけど今さらおまえを排除できるか？　奴らはおまえに頭が上がらない。厄介ごとを片付けるのに、おまえが必要だった。だから、おまえがやったことに目をつむってきた。

だが、おまえをお払い箱にする方法がある。ドッグズバローの告白録だ！　あのじじいはどうせ棺に入る。トラストの奴ら、棺を取り巻いて、問題の文書を懐からだし、すすり泣きながら報道陣の前で読むつもりだ。「故人はあのペストをトラストに引き込んだことを後悔している。そして今、そのペストを根絶し、昔のまともなカリフラワー商売に立ち戻ろう」と訴える。そういう計画なんだよ、アルトゥロ。

みんな、グルだ。ジーリの奴はドッグズバローに遺言を書かせて、クラークともつるんでる。クラークは俺たちのせいで、シセロとの交渉が難航している。なんの憂いもなく金儲けがしたいんだ。ジヴォラはハゲタカだ。死肉をかぎつけたんだ。ドッグズバロー、あの正直者のじじいは、裏切りとも言える告白録を書いて、おまえの顔に泥を塗った。いの一番に消えてもらうのはドッグズバローだ。そうしないと、おまえの計画はおじゃんだぞ！

ウイ　陰謀がある？　俺をシセロに近づけないようにしている？　たしかに思い当たるふしがある。
ローマ　アルトゥロ、頼む。俺に任せてくれ！　いいか、今日のうちに若いもんを連れてドッグズバローの別宅を襲い、あのじじいを連れだす。あいつには病院に連れていくとでも言う。そして霊廟行き。一丁上がりだ。
ウイ　しかし別宅にはジーリがいるぞ。
ローマ　あいつにはあそこで眠ってもらう。
（ふたりは顔を見合わせる）
ローマ　粛清だ。
ウイ　ジヴォラは？
ローマ　帰りに寄ることにしよう。そしてあいつの花屋ででっかい花環を注文する。ドッグズバローのために。そして陽気なジーリのために。現金で支払うさ。（拳銃を指差す）
ウイ　ドッグズバロー、クラーク、ダルフィート。あいつらの企みか。冷酷にも俺に犯罪者の烙印を押して、シセロの商売からはずそうとしているとは。まったくけしからん話だ。そうはさせないぞ。おまえを信じる。
ローマ　任せろ。出発するとき、おまえも顔をだしてくれ。若いもんにはっぱをかけてほしい。事の真相がはっきりわかるようにな。俺は演説が得意じゃないから。
ウイ　（彼と握手）いいだろう。
ローマ　わかってたさ、アルトゥロ！　こうなるってことはな。俺たちふたりの仲だ！　おまえと俺！　昔に戻ったようだ！

（子分に）アルトゥロは俺たちと共にある！　言ったとおりだろう？

ウイ　行くとも。

ローマ　十一時。

ウイ　場所は？

ローマ　ガレージ。心機一転だ！　やってやるぞ！

（ローマは子分たちと急いで退場）

（ウイは行ったり来たりしながら、ローマの子分たちへの演説の準備をする）

ウイ　友人諸君！　残念なことだが、俺に隠れて不届きな裏切りが計画されていることが耳に入った。片腕と思って信頼していた連中が、最近、密会した。奴らは名誉欲に目がくらみ、生まれつきの物欲と不誠実さでトラストの面々と手を組み、さらには、いいか、警察におまえたちを引き渡そうとしている。それどころか、俺の命まで狙っている！　堪忍袋の緒も切れた。だから命じる。俺が全幅の信頼を置くローマのもと、今夜おまえらは……。

（クラーク、ジーリ、ベティ・ダルフィート登場）

ジーリ　（ウイが驚いて顔を上げたので）俺たちだけです、親分！

クラーク　ウイさん、こちらはシセロのダルフィート夫人です！

あなたが夫人の話をよく聞いて、合意してくれることをトラストは願っているのですよ。

ウイ　（暗い面持ちで）かまわないが。

クラーク　シカゴのトラストとシセロのあいだで合併交渉が進んでいます。あなたも知ってのとおり、あなたが株主になることに、シセロから異議が出ましてね。でもトラストは、それを撤回させることに成功しました。そこでダルフィート夫人が来て……

ダルフィート夫人　誤解を解くことになったのです。わたしの夫ダルフィートのためにも申し上げておきますが、新聞でのキャンペーンはあなたに向けられたものではありません、ウイさん。

ウイ　では、誰に向けられたものだ？

クラーク　まあ、いいではないですか、ウイさん。シートの「自殺」なるものが、シセロでひどく不興を買っているのです。落ちぶれたとはいえ、あの人は船主だったわけで、身分が高く、そんじょそこいらの者とは格が違ったのですよ。人知れずいなくなるような人物ではありませんでした。それに、キャラザー運送会社が、トラックを一台壊されたと訴えています。どちらの事件も、ウイさん、あなたの手下が絡んでいますからねえ。

ダルフィート夫人　トラストのカリフラワーが血塗られているってことは、シセロの子どもでも知っています。

ウイ　ふざけるな。

ダルフィート夫人　いえ、いえ。あなたを責めるつもりはありません。クラークさんがあなたの保証人ですから大丈夫です。問題はエルネスト・ローマただひとりです。

クラーク　（急いで）頭を冷やすのです、ウイさん！

ジーリ　シセロは……

ウイ　そんなこと聞きたくない。俺をなんだと思ってる。やめろ！　やめろ！　ローマは俺の右腕だ。誰を仲間にしようと、俺の勝手だろう……。ひどい侮辱だ。がまんならん。

ジーリ　親分。

ダルフィート夫人　夫はローマのような輩とはとことん闘うでしょう。

クラーク　（冷ややかに）そのとおり。この件について、トラストはダルフィートさんを支持します。ウイさん、馬鹿な真似はよすのです。友情とビジネスは別物ですよ。さあ、どうします？

ウイ　（おなじく冷ややかに）クラークさん、男に二言はない。

クラーク　ダルフィート夫人、これだけ説得してもだめとは、まったく残念です。（出ていきながらウイに）あなたにはがっかりです、ウイさん。

（ウイとジーリだけ取り残される。ふたりは目を合わそうとしない）

ジーリ　キャラザー運送会社を襲った時点で、もめるのは、目に見えていました。

ウイ　もめごとなんか恐くない。

ジーリ　もめごとを恐れないのはご立派！　ただしこれでトラストや新聞や、ドッグズバローとその取り巻きを敵にまわすことになります。いや、町全体かな！　親分、正気に返ってくださいよ。このままじゃ……。

ウイ　うるせえぞ。やるべきことはわかってる。

（文字が浮かび上がる）

ヒンデンブルク大統領の死期が近づくと、ナチス内部で激しい勢力争いが生じた。指導部はエルンスト・レームの粛清を主張した。オーストリア併合が目前に迫っていた。

11

ガレージ。夜。雨の音が聞こえる。エルネスト・ローマと若造のイナ。背後にガンマンたち。

イナ　もう一時ですぜ。
ローマ　何か邪魔が入ったんだろう。
イナ　迷ってんでしょうかね？
ローマ　そうかもな。アルトゥロは子分思いだからな。子分を犠牲にするくらいなら自分をと思う奴だ。ジヴォラやジーリのようなドブネズミでもなかなか切り捨てられない。きっと悶々としてるんだろう。来るのは二時になるかもな。いや、三時になるかもしれん。だがきっと来る。絶対だ。あいつのことは知ってる。

（間）

あのジーリが床に伸びてるところを見たら、いい気分だろうな。小便をしたときみたいにな。さあ、もうすぐだ。
イナ　雨の夜ってのは神経に障っていけない。

ローマ　俺は雨の夜が好きだ。夜の中でもとびきり真っ暗になる。車なら、とびきり速いのがいいし、仲間なら、とびきり命知らずがいい。
イナ　親分とはどのくらいの付き合いなんすか？
ローマ　十八年だ。
イナ　そりゃ、長いすね。
ガンマン　（前に出てくる）若いもんが一杯やりたがってますが。
ローマ　だめだ。今夜はしらふでないといけない。
（小男が用心棒たちによって連れてこられる）
小男　（息を切らして）やばいですぜ！　装甲車が二台、すぐ近くに止まりました。警官が満載です！
ローマ　シャッターを下ろせ！　俺たちとは関係ないと思うが、用心に越したことはない。
（ガレージの入り口の金属製シャッターがゆっくり下りる）
ローマ　通路はあけてあるだろうな？
イナ　（うなずく）タバコってのは奇妙っすね。吸ってる奴がクールに見える。クールな奴がやってることを真似て、タバコを吸ってみると、クールになれる。
ローマ　（微笑みながら）手をだしてみろ！
イナ　（言われたとおりにする）ふるえてる。まずいすね。
ローマ　まずいもんか。牛じゃ困る。あいつら、鈍感でいけない。何をやっても痛みがないから、誰も痛い目にあわさない。本気ではな。だから大いにふるえろ！　コンパスの針だってしっかり止まるまでふるえるだろう。おまえの手はマッポがどこにいるか知りたくてふるえてんだよ。それだけのことだ。
声　（側面から）警察の車が教会通りをやってきやす！
ローマ　（鋭く）止まらないのか？
声　進んできます。
ガンマン　（入ってくる）車が二台、ヘッドライトを覆って角を曲がってきた！
ローマ　アルトゥロを狙ってる！　ジヴォラとジーリの野郎、アルトゥロを殺す気だ！　このままじゃ罠にかかっちまう！　あいつを迎えにいかなきゃ。行くぞ！
ガンマン　無謀です！
ローマ　無謀だろうと、やるしかないときがあるんだ。畜生！　十八年もつづいた友情なんだぞ！
イナ　（明るい声で）シャッターを上げろ！　チャカの用意はいいか？
ガンマン　おうよ。
イナ　上げろ！
（シャッターがゆっくり上がる。ウイとジヴォラが足早に入ってくる。用心棒たちがつづく）
ローマ　アルトゥロ！
イナ　（小声で）本当だ。ジヴォラもいる！
ローマ　どうなってんだ？　心配したぞ、アルトゥロ。
（大声で笑う）まったく、おまえって奴は！　これで大丈夫だ！
ウイ　（かすれた声で）大丈夫に決まってる。

イナ　なんかきな臭いと思ったんすよ。ローマの兄貴と握手してやってくださいな、親分。兄貴は今、親分のために俺たちを火の中に放り込もうとしたんですぜ。ですよね？

（ウイはローマのところへ行き、手を差しだす。ローマは笑いながら手を握る。ローマが拳銃をつかめないその瞬間を狙って、ジヴォラがすかさず腰の拳銃を抜いて、ローマを撃つ）

ウイ　そいつらを隅に追い込め！

（ローマの手下たちは呆然とたたずみ、イナを先頭に隅へ追いやられる。ジヴォラは横たわっているローマにかがみ込む）

ジヴォラ　まだ息があります。

ウイ　始末しろ。

（壁際にいる他の連中に）よくも俺を暗殺しようとしたな。とっくにお見通しなんだよ。ドッグズバローを狙った襲撃も発覚した。あぶないところだった。抵抗しても無駄だ。俺に逆らいたいなら、どうすりゃいいか教えてやる！　おめでたい奴らだ！

ジヴォラ　全員、武装してました！

（ローマについて）気がついたようだ。往生際の悪い。

ウイ　俺は今夜ドッグズバローの別宅にいる。（足早に退場）

イナ　（壁際で）薄汚いドブネズミども！　裏切り者！

ジヴォラ　（興奮して）撃て！

（壁際に立っている者たちはマシンガンでなぎ倒される）

ローマ　（意識が戻る）ジヴォラ！　畜生。
（やっとの思いで体の向きを変える。顔面蒼白）これはどういうことだ？
ジヴォラ　なんでもない。裏切り者が数人、処刑されただけさ。
ローマ　犬畜生！　俺の子分になんてことを。
（ジヴォラは返事をしない）
ローマ　アルトゥロはどうした？　殺したな！　やはりな！　犬畜生！
（床に倒れていると思って、アルトゥロを探す）あいつはどこだ？
ジヴォラ　帰ったよ！
ローマ　（壁際に引きずられていく）犬畜生！　犬畜生！
ジヴォラ　（冷淡に）俺の足が短いって言ったな？　おまえは脳みそが小さい。ほら、その立派な足で壁まで歩いていけ！

（文字が浮かび上がる）
一九三四年六月三十日の夜、同志レームを襲撃。レームはヒンデンブルクとゲーリングに対するクーデターを起こすべくホテルでヒトラーと待ち合わせていた。

12

ジヴォラの生花店。子どもの背丈しかない小男のイグネイシャス・ダルフィートとベティ・ダルフィートが入ってくる。

ダルフィート　気乗りがしないな。
ベティ　どうして？　ローマはもういないのよ。
ダルフィート　殺されたんだ。
ベティ　いつものことじゃない！　あいつはもういない！
クラークが言ってる。非行に走り、つっぱりになる奴は多いけど、すぐれた人間はかならずそれを卒業するものだって。ウイがそれなのよ。がさつな口の利き方を改めるつもりみたい。それでも攻撃をつづけたら、もっとひどい本能を呼び覚ましかねないわ。最初に危険にさらされるのはあなたよ。でもここで目をつむれば、あの人はあなたに危害を加えない。
ダルフィート　沈黙が助けになる？　どうかな。

ベティ　なるわよ。あの連中だって、けだものじゃないもの。

（横からジーリがあらわれる。ローマの帽子をかぶっている）

ジーリ　やあ、来たね。親分は中だ。喜ぶだろう。あいにく俺はこれから出かける。急いでな。ここにいるところを見られるとまずいんだ。ジヴォラから帽子を失敬したんでね。

（ジーリは天井の漆喰がはがれ落ちるほど笑い、手を振って出ていく）

ダルフィート　あいつにすごまれるとぞっとするが、あいつらの笑い声はもっと恐ろしい。

ベティ　いわないで、あなた！　ここではだめ！

ダルフィート　（にがにがしく）他でもいえないことさ。

ベティ　どうするつもり？　シセロじゃ、ウイがドッグズバローの後釜にすわると噂されている。そのうえ八百屋連中がカリフラワー・トラストになびいてる。まったく腹立たしいったらない。

ダルフィート　うちの新聞社の輪転機はふたつとも壊されてしまった。おまえ、どうも嫌な予感がする。

（ジヴォラとウイが手をさしだして入ってくる）

ベティ　こんにちは、ウイさん。

ウイ　ようこそ、ダルフィートさん！

ダルフィート　じつは、ウイさん、来るかどうか迷ったんですよ。というのも……。

ウイ　どうしてまた？　勇気のある人はいつでも大歓迎ですよ。

ジヴォラ　そして美しいご婦人も！

ダルフィート　ウイさん、わたしはあなたを攻撃することが、義務だと感じていました。それに……

ウイ　誤解だった！　はじめから知り合っていれば、こんなことにはならなかったと思いますよ。やるべきことは、断固やるというのが、日頃からわたしの信条でして。
ダルフィート　暴力を。
ウイ　わたしほど嫌悪している者はいないでしょう。人間に分別があれば、暴力など必要ありません。
ダルフィート　わたしが目指すものは……
ウイ　わたしと同じ。わたしたちはふたりとも、商売繁盛を願っています。こんなご時世ですから、小さな八百屋は売れ行きがぱっとしない。それでも安心して野菜が売れるようにしてやらなくては。襲撃されたら、守ってやるのが筋でしょう。
ダルフィート　（毅然として）守ってもらうかどうかは、自分で決めるべきだと思います。ウイさん、いいたいのはこの一点です。
ウイ　同感です。自分で選べるようでなくてはねえ。なぜか？　用心棒を自分で自由に選び、その者に全権を委ねるようでなければ、信頼は不動のものになりえないからです。これは八百屋にかぎらない、どんな仕事にもいえることです。わたしは日頃からそのことを声を大にして言ってきました。
ダルフィート　あなたの口からそれが聞けて、わたしはうれしい。気分を害されることを覚悟の上でいいます！　シセロは無理強いされたら黙っていないでしょう。
ウイ　そうでしょうとも。誰だって無理強いはいやなものです。
ダルフィート　正直いいますと、カリフラワー・トラストとの合併でシカゴでつづいていた血なまぐさい事件がこちらでも繰り返されるなら、わたしは合併に賛成できません。

（間）

ウイ　ダルフィートさん、本音には本音で応えましょう。たしかに目に余る事件が過去に頻発しました。闘争中には、えてしてそういうことが起こるものです。しかし、友人のあいだでそういうことは起こりません。

ダルフィートさん、わたしの望みはほかでもありません。これからはわたしを信頼してほしいのです。仲間を決して見捨てない友人と見ていただきたい。もっと正確に言えば、おぞましい作り話を今後は新聞にのせないでいただきたいのです。無理なお願いではないと思いますが。

ダルフィート　ウイさん、起きてないなら、難しくありません。

ウイ　そうでしょうとも。この先も多少の小競り合いはあるでしょう。人間はやはり人間、天使ではありませんから。

ですから、すぐに鉄砲を撃ちまくる犯罪者だなどといわないでいただきたいのです。うちの運転手が乱暴な口を利かないなどと主張するつもりはありません。人間のすることです。

時間どおりにカリフラワーを届けてもらいたがっている八百屋の誰に、うちの誰かがビールをおごらせたからといって、それがすぐ不当な要求にはならないでしょう。

ベティ　ウイさん、夫も心得ています。

ジヴォラ　そういう方だと聞いていました。おかげで、穏やかに話し合いができました。

仲間のあいだにはもう問題はありませんので、ぜひ当店の花をお目にかけたい。

ウイ　どうぞ、ダルフィートさん！

（彼らはジヴォラの生花店を見学する。ウイはベティを案内し、ジヴォラはダルフィートを伴う。この二組はこのあと交互にフラワーアレンジメントのあいだに姿を消す。ジヴォラとダルフィート登場）

ジヴォラ　ダルフィートさん、これは日本産のナラの木です。

ダルフィート　小さな丸い池で花を咲かせていますね。

ジヴォラ　青い鯉もいます。ほら、パンくずに食いついた。

ダルフィート　悪人は花を愛でないといいますな。

（ふたりは姿を消す。ウイとベティ登場）

ベティ　強い殿方は暴力をふるわない方が強いものです。

ウイ　人間は、一発撃たないとわからないことがありますけどね。

ベティ　ちゃんと説明すれば、うまく伝わります。

ウイ　何かを手放さざるをえない人間には効かないでしょう。

ベティ　だからあなたは拳銃や強制、嘘とごまかしを……。

ウイ　わたしはリアリストですので。

（ふたりは姿を消す。ジヴォラとダルフィート登場）

ダルフィート　花にはひねくれたところがありませんね。

ジヴォラ　だからわたしは花が好きなんです。

ダルフィート　花は静かに日々を生きています。

ジヴォラ　（ふざけて）いざこざもなければ、新聞もない。なんの不安もない。

（ふたりは姿を消す。ウイとベティ登場）

ウイ　わたしは快楽を知らない人間なのです。

ベティ　ひょっとすると、あなたは聖人さまなのですか？

ウイ　わたしのタバコ嫌い、酒嫌いは筋金入りです。

ベティ　ウイさん、あなたはスパルタ式の生活をしているんですってね。

（ふたりは姿を消す。ジヴォラとダルフィート登場）

ダルフィート　花に囲まれて暮らすのはすばらしい。

ジヴォラ　すばらしいですとも。しかしそうもいかないのが人生です！

（ふたりは姿を消す。ウイとベティ登場）

ベティ　ウイさん、あなたは宗教をどう思ってらっしゃるの？

ウイ　わたしはキリスト教徒です。それで充分でしょう。

ベティ　それはそうです。でもそれなら十戒を守らないと。

ウイ　このぎすぎすした日常には通用しません！

ベティ　しつこく言うのを許してくださいね。ウイさんは社会問題をどうお考えですの？

ウイ　社会は大事です。わたしが裕福な人と仲よくおつきあいしているのを見ればおわかりでしょう。

（ふたりは姿を消す。ジヴォラとダルフィート登場）

ダルフィート　花もいろいろ経験するでしょうね。

ジヴォラ　それはもう！　葬式に次ぐ葬式ですから！

ダルフィート　ああ、花があなたの飯の種であることを忘れていました。
ジヴォラ　そのとおり。わたしの一番のお得意先は死神です。
ダルフィート　死神にばかり頼らずにすむといいですな。
ジヴォラ　警告に耳を貸す人間なら大丈夫です。
ダルフィート　ジヴォラさん、暴力で名声は得られませんよ。
ジヴォラ　しかし目的は果たせます。いけない、花の話をしていたのに。
ダルフィート　たしかに。
ジヴォラ　顔が青いですね。
ダルフィート　空気のせいです。
ジヴォラ　花のにおいがきつすぎますか。
（ふたりは姿を消す。ウイとベティ登場）
ベティ　あなたたちがわかり合えてよかったわ。
ウイ　何が問題かわかれば……
ベティ　雨降って地固まるって言うけど、友情も……。
ウイ　（彼女の肩に手をまわす）ものわかりのいい女性は好きです。
（ジヴォラとダルフィート登場。ダルフィートは真っ青。妻の肩を抱くウイの手を見る）
ダルフィート　ベティ、行くぞ。
ウイ　（ダルフィートのところへ行き、手を差しだす）ダルフィートさん、あなたの決心は立派です。シセロの繁栄に資することでしょう。わたしたちふたりがこうやって出会ったことは、まさに僥倖といえます。

ジヴォラ　（ベティに花を贈る）とびきり美しいものです！

ベティ　すてきね、イグネイシャス！　とてもうれしいです。では、ごきげんよう、ウイさん！

（ふたり、退場）

ジヴォラ　よっしゃー。これでうまく行きますね。

ウイ　（暗い面持ちで）あいつは気にくわねえ。

（文字が浮かび上がる）

ヒトラーに圧力をかけられ、オーストリア首相エンゲルベルト・ドルフースは一九三四年、オーストリアの新聞によるナチスドイツへの攻撃をやめさせることに同意した。

13

弔鐘の鳴る中、棺がシセロ市の霊廟に運ばれていく。その後ろから喪服姿のベティ・ダルフィート、クラーク、ウイ、ジーリ、ジヴォラ。ウイ、ジーリ、ジヴォラは花環を持っている。三人は花環を捧げると、霊廟の前にたたずむ。司祭の声が聞こえる。


声　かくしてイグネイシャス・ダルフィートの遺体はここに永眠します。労多くして報いのすくない人生に終止符が打たれました。その人生と共に多くの苦労も終わりを告げました。今、天に召されるこの方は己がために労力を費やすことはありませんでした。

天国の門では門番の天使が、ダルフィート氏の上着の肩のすりきれたところに手を置いて言うでしょう。

「この者は多くの人の重荷を背負ってきた」と。

市議会では次の会議で全員が発言したあと、沈黙が生じるでしょう。ダルフィート氏が発言すると思って、つい待ってしまうからです。ことほどさように、ダルフィート氏の言葉に耳を傾けることが市民の習慣でした。まるで市の良心が死んでしまったかのようです。真実一路、正義をわきまえた方が、この困難な時代にわたしたちの元を去ってしまうとは。小柄でも、偉大な精神の持ち主だったあの方は、新聞に説教壇を作り、そこから市の外にまで澄み切った声を響かせました。イグネイシャス・ダルフィート、安らかに眠れ！　アーメン。

ジヴォラ　節度を知る人物だったのに、こんな死に方をするとは！

ジーリ　（ダルフィートの帽子をかぶっている）節度を知る人物？　ガキが七人もいるぞ！

（クラークとマルベリー、霊廟から出てくる）

クラーク　まったくけしからんですな！　真実が口をひらかないよう棺のそばで見張っているとは。

ジヴォラ　クラークさん、ひどいおっしゃりようだ。場所柄をわきまえて、おとなしくしていたほうが身のためですよ。うちの親分は今日、虫の居所が悪いからね。こういう場所は親分には向かない。

マルベリー　人殺し！　ダルフィートさんは約束を守っておとなしくしていたのに！

ジヴォラ　おとなしいだけじゃだめなのさ。欲しいのは、俺たちのことに口をださないだけじゃなく、俺たちのために口添えしてくれる奴なのさ。それも大声で！

マルベリー　あんたたちが人殺しだっていう以外に語る言葉などない！

ジヴォラ　仕方ないだろう。ちびのダルフィートは毛穴さ。あいつのおかげで八百屋はいつも冷や汗をかいていた。それも我慢できないほど臭い冷や汗をな！

ジーリ　じゃあ、おたくたちのカリフラワーは？　シセロに送りたいのか、送りたくないのか、どっちだい？

マルベリー　人を殺してまでやりたくない！

ジーリ　じゃあ、どうしろってんだ？　俺たちが殺した子牛をいっしょに食ったのは誰だ？　あきれたね。肉を欲しがっておきながら、ナイフを持ち歩くコックに文句を言うとはな！　おたくらに期待してるのは、むしゃむしゃ食べることで、不平を鳴らすことじゃないんだよ！　さっさと家に帰れ！

マルベリー　クラークさん、なんて奴らを連れてきたんです。お先真っ暗ですよ。

クラーク　今更いわないでくれ。

（ふたりは辛気くさく退場）

ジーリ　親分、せっかく楽しい葬式だっていうのに、あいつらのせいで台無しですぜ！

ジヴォラ　静かに。ベティだ。

（霊廟からベティ・ダルフィートが女に支えられながら出てくる。ウイが彼女の方へ向かう。霊廟からオルガンの響き）

ウイ　ダルフィート夫人、お悔やみ申し上げます！

（ベティ・ダルフィートは何もいわず、通りすぎる）

ジーリ　（怒鳴る）待てよ！　奥さん！

（夫人は立ち止まって振り返る。彼女は顔面蒼白）

ウイ　お悔やみ申し上げたんですがね、ダルフィート夫人！　神よ彼の魂を救いたまえ、ダルフィートさんはもうこの世にいない。けれどもカリフラワーはある。あなたの目は涙で曇っていることでしょう。しかしこの悲しい事件を忘れてはいけません。悪党の手によって、銃声が鳴り響いたということを。平和な野菜運搬車に向かって卑劣な凶弾が放たれました。いまわしい奴らの手で、野菜に石油がかけられ、台無しになりました。
今後はわたしとわたしの部下が守ることをお約束します。いかがですか？
（ベティは天を仰ぐ）
ウイ　わたしにはこの事件を嘆き、こう断言することしかできません。恥知らずな連中に殺されたあの方はわが友だったと。
ベティ　あきれた。夫はまだ灰にもなっていないのに！
ベティ　あらそう。夫を亡き者にしたのは、夫と手を結ぼうとした手だった。あなたの手よ！
ウイ　またしてもそうなりますか。誹謗中傷に陰口。隣人と平和にやっていこうとしているのに、これで元の木阿弥！　誰もわたしをわかってくれない！　信頼不足。わたしは信頼を寄せているのに！　わたしの求めを悪くとって脅迫と呼ぶ！　わたしが差し伸べた手を、こうもあっさり払いのけるとは！
ベティ　あなたが手を差し伸べるのは殺すためでしょ！
ウイ　とんでもない！　わたしは一生懸命求めたのに、唾をかけられたのですよ！
ベティ　あなたは鳥を狙う蛇そのものです！
ウイ　聞きましたか！　ひどいおっしゃりようだ！　ダルフィートさんもわたしの親愛の情を打算だとけなし、わたしの寛大さを弱点だとみなした。残念なことです！　わたしの優しい言葉が収穫したのは何か？冷淡な沈黙でした。沈黙が答えだったのです。わかりあえると思ったのですが。友情とささやかな理解を求め、腰を低くしてお願いした。人間らしい温もりをすこしでも見つけたかったからです。

しかし、わたしの願いは無駄に終わりました！　結局、沈黙するという約束は破られた。これほど熱い思いで約束した沈黙だったのに。またしてもひどい作り話が言い触らされています！　でも、言っておきます。仏の顔も三度まで。やりすぎないことです！

ベティ　絶句です。

ウイ　本心でなければ、言葉になるわけがありません。

ベティ　あなたは本心を口にしているとおっしゃるのね。

ウイ　感じたままに話しています。

ベティ　あなたが話したことを、忖度できる人がいる。なるほど、わかりました。あなたが人を殺すのも本心から出たものなのね！　あなたは犯罪に心を揺さぶられる。他の人が慈善行為に心を砕くように。あなたは裏切りを信じる。わたしたちが誠実さを信じるように！　あなたは気まぐれな方、どんな気高い心をもってしても変えられない！　嘘をつくことに夢中で、騙すことに余念がない！　あなたはけだものと同じ。血を見て奮い立つ！　暴力を振るうとほっとするのでしょう！　汚らしい行為を見て、あなたは感動に涙する。そしてよい行いを見て、復讐心と憎悪に駆られるのね！

ウイ　ダルフィート夫人、敵の言い分も静かに聞くのが、わたしの流儀。どんな罵詈雑言も聞くことにしています。あなたの取り巻きがわたしに好意を抱かないことくらい、先刻承知です。わたしは下町ブロンクスのしがない家の出。そのことがとかくやり玉に上げられます！「あいつはデザートのフォークがどれかもわからない。そんな奴に大きな仕事ができるものか！　賃金などの金銭問題を交渉で解決すべきとき、あいつはきっとナイフを持ちだす。くわばら、くわばら。あいつは使えない」といった具合に。
口が悪いかもしれません。マッチョかもしれない。歯に衣着せずものを申すことが徒となるのですな。わたしは偏見を持たれ、骨折り損のくたびれ儲け。そういう憂き目に合うのです。ダルフィート夫人、あなたはトラストの人間ですね。わたしもそうです。わたしたちのあいだには橋が渡されているのですよ。
ベティ　橋ですって？　わたしたちのあいだにあるのは、血みどろの殺人という奈落です！
ウイ　いろいろ辛酸をなめてきた身として、わたしは人間に話しかけるのではなく、有力者である輸入業者に語りかけるべきだとわかっています。
そこでたずねます。カリフラワーの商売はどうですか？
人生はつづきます。不幸に見舞われてもね。
ベティ　ええ、人生はつづきます。せっかくですから、疫病がこの世を襲うと訴える人生を送ります！　死者に誓います。もし「おはよう」とか「食事をください」とかいうばかりで、「ウイを滅ぼせ！」という言葉が言えないようなら、わたしはわたしの声を憎むでしょう。
ジーリ　（脅すように）口をつつしめ！
ウイ　わたしたちは墓地にいます。気持ちを和らげるには早すぎたようですな。ですから、死人には関係のない商売の話をしましょう。
ベティ　ああ、ダルフィート、あなたはもうこの世にいないのね！
ウイ　そういうことです。ダルフィートはもうこの世にいない。忘れないことです。これでシセロには、悪事やテロや暴力に反対する声が上がらなくなるでしょう。

あなたはいくら悔やんでも悔やみきれないでしょうな！
あなたは誰の保護も受けずに、冷酷な世界に立つことになる。
そこでは残念なことに、弱い者はつねに負け組なのです。あなたに残されたただひとりの保護者はわたしなのですよ。

ベティ　自分が殺した男の未亡人にそれを言うんですか？　けだもの！　やはりあなたは、他人に罪をなすりつけるために、悪事の証があるこの場所にやってきたんですね。「わたしじゃない。他の奴がやったんだ」とか、「何も知らない」とか、「わたしもひどい目にあった」とか、加害者が叫び、「殺人だ！　仇をとらなければいけない」とか殺した本人が言うのですね。

ウイ　わたしの計画は決まっています。シセロ市の保護ですよ。

ベティ　（弱々しく）絶対にうまくいかないでしょう！

ウイ　まあ、見てのお楽しみ。

ベティ　神よ、保護者からわたしたちをお守りください！

ウイ　それであなたの返事は？（彼女の方に手を伸ばす）友情かな？

ベティ　いやです！　絶対にいや！（怖気をふるいながら駆け去る）

（文字が浮かび上がる）

オーストリア併合の前に、オーストリア首相エンゲルベルト・ドルフースが暗殺された。ナチスはオーストリアの小市民的な右派と粘り強く交渉をつづけた。

14

マンモスホテルにあるウイの寝室。ウイは悪夢にうなされ、ベッドでのたうちまわっている。椅子には拳銃を膝に置いた用心棒【複数】がすわっている。

ウイ　（眠りながら）出ていけ、血まみれの亡霊ども！　お願いだ、うせろ！

（ウイの背後の壁が透き通る。額に銃痕のあるエルネスト・ローマの亡霊があらわれる）


ローマ　何をしようと無駄だ。虐殺、暗殺、脅迫、倉庫の放火。

やるだけ無駄なんだよ、アルトゥロ。

おまえの犯罪は根っこが腐ってる。花は咲かさないだろう。

裏切りは肥料にならない。殺せ、嘘をつけ！

クラークどもをだまし、ダルフィートどもを血祭りに上げろ。だけど身内に手を出すもんじゃない！

世界相手に陰謀を企てるのはいいが、共謀者を殺すもんじゃない！

片端から踏みつぶすのはいいが、自分の足をつぶすもんじゃない、このとんま！

あらゆる人間に面と向かって嘘をつけ。ただし鏡に映った自分の顔に嘘をつくのはよしな！　おまえは俺を殺して、自分を殺したんだ、アルトゥロ。おまえがビヤホールに入り浸るだけの影の薄い奴だった頃、俺はおまえに目をかけた。その俺が、今じゃ永遠にたたずみ、おまえのひどい仕打ちに悶々としている。裏切りでおまえはのし上がったが、おまえも裏切りで足をすくわれるだろう。おまえの友で右腕だった俺を裏切るくらいだ、おまえはみんなを裏切るに決まってる。そしてアルトゥロ、すべての人間がおまえを裏切る。緑の大地はエルネスト・ローマを覆ってくれたが、おまえの不実が葬られることはない。墓の上で風に吹かれてよく見える。墓堀人にもな。おまえにつぶされた連中がみな蘇り、これからおまえにつぶされる連中が立ち上がり、抵抗する日がやがてやって来るだろう。世界は血に染まり、憎しみに充ち満ちる。おまえは立って、救いを求め、あたりを見まわす。いいか、俺もそういうふうに立たされたんだ。せいぜい脅迫し、物乞いをし、ののしり、約束をするがいい！　誰もおまえの言うことなんて聞きやしない。俺の言葉に耳を貸さなかったように。

ウイ　（かっとなって）撃て！　あそこだ！　裏切り者！　軟弱者、不気味な奴め！

（用心棒たち、ウイが指差した壁のところを撃つ）

ローマ　（薄れながら）撃つがいい！　今の俺は不死身だ。

15

シティ。シカゴで八百屋の集会。

八百屋１　殺人！　殺戮！　恐喝！　横暴！　略奪！

八百屋２　忍耐、屈従、臆病の方が堪えるな！

八百屋３　忍耐といえば！　この一月に二人組が店に押し入って、「手を上げろ！」とぬかしやがった。俺は冷静にそいつらの頭の天辺からつま先まで見て、ゆっくり言ってやった。「旦那方、俺は暴力に屈する！」ってな。つまりことを構えたくはないが、納得はしていないとわからせたのさ。俺は冷淡にふるまい、目つきで訴えた。「わかったよ。店のレジはここだ。だが拳銃で脅されたからだ！」

八百屋４　そうそう！　俺だったら、知らんぷりをするな！　絶対に。家内にもそう言ってる。

八百屋１　（激しく）だけど臆病はないんじゃないか？　分別があると言ってほしいな。じっと堪えて、歯ぎしりしながら金を払えば、あの人でなしどもでも、拳銃を撃つのはやめるだろうと期待できる！　ところが、そうはいかない！　だから殺人！　殺戮！　恐喝！　横暴！　略奪！

八百屋２　こんな目にあうのは俺たちだけかな！　気概がないからいけない！
八百屋５　それを言うなら、拳銃がないからさ！　俺は八百屋で、ギャングじゃないんでね。
八百屋３　俺のたったひとつの希望はあの犬畜生が、歯をむいて抵抗する奴とぶつかることだ。まあ、そのうちどこかでそういう憂き目にあうさ！
八百屋４　たとえばシセロで！

（シセロの八百屋連中登場。みんな、青い顔をしている）

シセロ市民　やあ、シカゴの諸君！
シカゴ市民　やあ、シセロの諸君！　どうしてここに？
シセロ市民　来るように言われたのさ。
シカゴ市民　誰に言われた？
シセロ市民　あいつさ。
シカゴ市民　あいつにそんな権利があるのか？　あんたたちに指図するなんて。なんでシセロでそんなでかい顔をしてるんだ？
シセロ市民１　拳銃でさ。
シセロ市民２　暴力に屈したのさ。
シカゴ市民１　なんて臆病な！　おまえたちは男じゃないのか？　シセロに裁判官はいないのか？
シセロ市民１　いない。
シセロ市民３　いなくなった。

シカゴ市民3　いいか、抵抗しなくちゃ！　黒死病をはびこらせてはいけない！　こんな疫病に国を蝕まれていいのか？
シカゴ市民1　次々と町を落としていくぞ！　国のため、ナイフをとって戦う義務がある！
シセロ市民2　どうして俺たちなんだ？　俺たちは知らんぷりを決め込むさ。
シセロ市民4　あの犬畜生が、歯をむいて抵抗する奴とぶつかればいいのに。
（ファンファーレが鳴って、アルトゥロ・ウイとベティ・ダルフィート【喪服】登場。つづいてクラーク、ジーリ、ジヴォラ、用心棒【複数】。ウイは市民のあいだを通り抜ける。用心棒【複数】は背後に待機）
ジーリ　やあ、諸君！　シセロのみんな来てるかな？
シセロ市民1　来てます。
ジーリ　シカゴはどうかな？
シカゴ市民1　全員そろってます。
ジーリ　（ウイに）全員来てますぜ。
ジヴォラ　ようこそ、八百屋諸君！　カリフラワー・トラストは心より歓迎する。
（クラークに）どうぞ、クラークさん！
クラーク　みなさんに新しいニュースがあります。何週間にわたり難航した交渉の末、ここだけの話ですが、シセロの問屋B・ダルフィートとカリフラワー・トラストが合併します。これからはトラストの野菜を供給されることになります。利益は折り紙付き。納品がより確実になるからであります。価格はちょっと上がりますが、固定されます。

ダルフィート未亡人、トラストの新しいメンバーとしてあなたと握手したい。

（クラークとベティ・ダルフィート、握手する）

ジヴォラ　では、アルトゥロ・ウイが登壇します！

（ウイ、マイクの前に立つ）

ウイ　シカゴならびにシセロ市民諸君！　友よ！　市民よ！

今は亡きドッグズバロー殿、一年前のこと、あの誠実な方が目に涙を浮かべて、シカゴの八百屋を保護してくれと、わたしに訴えました。あれには感激しました。信頼されたのはうれしいことですが、はたしてそれに応えられるか少々心許なくもありました。

さて、そのドッグズバロー殿が亡くなり、遺書は誰でも見られるようになっています。あの方はその中でわたしを息子と呼びました。そしてあの方の呼びかけに応えてわたしがしたことすべてに、あの方は感謝の言葉を残しています。

野菜の売買は、カリフラワーであれ、ネギであれ、タマネギであれ、なんであれ、シカゴでは今日充分な保護下にあります。わたしの断固たる行動の賜であると申し上げてもいいでしょう。

その後思いがけず、イグネイシャス・ダルフィート殿からも、同様の申し出を受けました。わたしはシセロも保護下に置くことにしました。ただしひとつだけ条件をつけました。

「八百屋諸君の望みでなければならない！　自分たちで決断したのなら、それに応える義務がある」

わたしは部下にそう言い渡しました。

「シセロに無理強いはするな！　わたしを選ぶ自由がある！」

しぶしぶ「わかりました」と言われるのも、歯を食いしばって「どうぞ！」と言われるのも、不本意です。納得いかないままの賛成など、うれしくありません。

シセロの方々が力強く簡潔な言葉で喜々として「はい！」と言ってくれるようでなくては。そしてそれを望んでいるからこそ、今一度諸君に問いたい。

さて、シカゴの諸君、諸君の方がわたしをよく知っています。そして、たぶん評価してくれているはずです。さあ、わたしに賛成なのは誰かな？　ついでに言っておくと、わたしに賛成しない者は、わたしに敵対する者と同じ。どういう憂き目にあうか覚悟の上でしょう。では、選んでください。

ジヴォラ　ところで、選ぶ前にダルフィート夫人の話を聞きましょう。ご存知のように、みなさんのために尽力した人物の未亡人であります！

ベティ　みなさん！　みなさんの友であり、わたしの愛しい夫、イグネイシャス・ダルフィートはもうこの世にいません……。

ジヴォラ　安らかに眠っているわけです！

ベティ　そしてみなさんの後ろ盾にはなれません。そこでぜひ、ウイさんを信頼してください。かくもつらい時期にこの方と近づきになり、知り合いになってのち、わたしがそうしているように。

ジヴォラ　では選びましょう！

ジーリ　アルトゥロ・ウイに賛成の方は手を上げてください！

（数人がすぐに手を上げる）

シセロ市民　帰ってもいいかな？

ジヴォラ　自由にして結構。

（そのシセロ市民はおずおずと立ち去る。ふたりの用心棒があとを追い、銃声が聞こえる）

ジーリ　はい、みなさん！　みなさんの自由な決断はどうなりましたか？

（全員手を上げる。みんな、両手を上げる）

ジヴォラ　選挙は終了です、親分。シセロならびにシカゴの八百屋は親分に保護されることに感動して、喜びにうちふるえながら感謝しております。

ウイ　諸君から感謝されるのは、わたしの誇りであります。ブロンクスのしがない家の息子として育ったわたしは、十五年前、失業者として神に導かれ、わずか七人の気心の知れた仲間と共にシカゴへとやってきました。
以来、八百屋に平和をもたらすことがわたしの変わらぬ望みでした。
当時はまだ、平和を望む八百屋はごく少数でしたが、今ではその数も増えました。シカゴでの八百屋の平和は夢物語ではなく、紛うことなき現実となりました。そしてその平和を確かなものにするため、わたしは指示をだしました。
ただちに新しい機関銃と装甲車を調達せよ。もちろん拳銃やゴム製警棒も忘れるな、と。なぜなら保護を求めているのはシセロとシカゴにとどまらないからです。
ミシガンとミルウォーキー！　デトロイト！　トレド！　ピッツバーグ！　シンシナティ！　八百屋が存在するところはすべて。フリント！　ボストン！　フィラデルフィア！　ボルチモア！　セントルイス！
リトルロック！　コネティカット！　ニュージャージー！　アレゲニー！　クリーヴランド！　コロンビ

ア！　チャールストン！　ニューヨーク！
みんな、保護を求めています！　このウイに「帰れ！」とか、「やだね！」とかという者はどこにもいません。

（太鼓とファンファーレが鳴り響き、幕が下りる）

（ウイの演説中に文字が浮かぶ）

侵略の道はさらにつづく。オーストリア、チェコスロバキア、ポーランド、デンマーク、ノルウェー、オランダ、ベルギー、フランス、ルーマニア、ブルガリア、ギリシア。

エピローグ

みなさん、行動すべきことを学びましたね。
ぼんやりしないで、しっかり見極めましょう。
大丈夫などと高をくくらないことです。
かつてこういう輩が世界を征服しかけたのですから！
諸国民がこの人物を屈服させました。
しかし勝ちどきを上げるのは早計です。
こいつを生み落とした母なる胎内は
今なお繁殖力旺盛なのですから！

コーカサスの白墨の輪（一九五四年版）

協力者　ルート・ベルラウ

『コーカサスの白墨の輪』は『試み』三十一号に相当すると言っていい。子どもを巡るふたりの女の争い、それに裁きが下されるという題材は、中国の戯曲『灰闌記』から採った。この『灰闌記』では、輪から子どもを引っぱりだすのをやめるのは産みの母親だ。この新しい戯曲では、その点も含めあらゆる点で異なっている。　——パウル・デッサウがこの『コーカサスの白墨の輪』に楽曲を書いた。

登場人物

ゲオルギ・アバシュヴィリ（太守）
その奥方ナテラ
太鼓腹の豪族アルセン・カズベク
都からの伝令
ニコ・ミカゼとミハ・ロラゼ（ともに医者）
副官
歌手
シモン・チャチャヴァ（兵士）
グルーシェ・ヴァフナゼ（料理女）
建築士【複数】
老人
ふたりの貴婦人
宿の主
使用人
上等兵
農夫とその妻
三人の行商人
ラヴレンチー・ヴァフナゼ（グルーシェの兄）
その妻アニーコ
小作人
農婦（グルーシェの姑）
その息子ユスプ
修道士
結婚式の客【複数】
ミヘル（太守の忘れ形見）
子ども【複数】
アズダク（村の書記）
シャウヴァ（警官）
避難民（じつは大公）
医者
半身不随
あしなえ
恐喝犯
ルドヴィーカ（息子の嫁）
下男
三人の地主
老農婦
山賊
料理女
イロ・シュボラゼとサンドロ・オボラゼ（ともに弁護士）
老夫婦
物乞いと訴人
兵士【複数】
重騎兵【複数】
使用人
序幕の人物【複数】

序幕

砲火を浴び、瓦礫と化したコーカサスの村で、ふたつのコルホーズのメンバーが車座にすわっている。ほとんどが女と年寄りの男。だがそこには数人の兵士も混じっている。彼らの中に首都から来た国家再建計画委員会の代表がひとりいる。

下手の農婦　（指差す）あっちの丘でナスチの戦車を三台やっつけたけど、リンゴ園をめちゃくちゃにされちまった。

上手の老農夫　俺らのすばらしい酪農場も廃墟になっちまった！

下手の若い女性トラクター運転手　あそこに火をつけたのは、あたしさ、同志。

（間）

委員会代表　これから議事録を読み上げるから聞いてくれ。「ヌーハに山羊飼育コルホーズ・ガリンスクの代表団が陳情に来た。同コルホーズはヒトラーの軍が迫ったとき、当局の命令で山羊の群れをはるか東に移動させた。目下この谷に戻ることを検討中である。コルホーズ・ガリンスクの代表団は村と放牧地を視察し、甚大な被害を受けていることを確認した」（上手の代表団、うなずく）「隣接する果樹栽培コルホーズ・ローザ＝ルクセンブルクは（下手を向いて）再建にあたって、コルホーズ・ガリンスクが以前、放牧地にしていた谷間の土地を果樹ならびにブドウ栽培に使用したい旨、申請している」国家再建計画委員会の代表たるわたしとしては、コルホーズ・ガリンスクがここに戻るべきかいなか、双方で決めてもらいたい。

上手の老農夫　俺はもう一度抗議する。議論の時間が少なすぎる。コルホーズ・ガリンスクの俺たちは三日三晩かけてここまでやってきた。話し合いが半日なんてありかね！

下手の負傷兵　同志、村の数も人手もそんなにない。うだうだ話し合う時間も惜しいのさ。

若い女性トラクター運転手　嗜好品はみんな配給制だろ。タバコもワインも配給制なんだから議論もそうなる。

上手の老農夫　（ため息をつきながら）ファシストのせいだ、くたばれ！　それじゃ、本題に入ろう。俺らがなぜ谷に戻りたいのか説明してやる。理由は山ほどあるが、一番わかりやすいことからはじめよう。マキネ・アバキゼ、山羊のチーズをだせ。

（上手の農婦が大きな籠から布にくるんだ大きなチーズの塊をとりだす。拍手と笑い声）

食べてくれ、同志のみんな。ほら、ほら。

下手の老農夫　（疑り深く）関心を引こうってのか？

上手の老農夫　（笑い声の中で）関心を引くだと、谷泥棒め！　チーズを食べたって、どうせ谷もとる気だろう。わかってるさ。（哄笑）おたくから訊きたいのは正直な答えだけだ。このチーズはうまいか？

下手の老農夫　そんなら答えてやろう。うまいぜ。

上手の老農夫　そうかい。（にがにがしく）おたくにはチーズの味なんてまるでわからないことを勘定に入れておくべきだったたな。

下手の老農夫　なんでだ？　うまいと言ってるだろ。

上手の老農夫　うまいわけがないからさ。昔の味とはちがう。どうしてだと思う？　俺らの山羊が今食ってる草は、昔ほどうまくないからだよ。草が草だから、チーズもチーズなんだ。わかったか。議事録に残してくれ。

下手の老農夫　だけど、おたくらのチーズは最高だぞ。

上手の老農夫　最高なものか。そこそこの味でもない。新しい放牧地は糞だ。若い連中がなんと言おうがな。俺にいわせりゃあそこじゃ生きていけない。朝だって、朝のにおいがまともにしないんだ。

（数人が笑う）

委員会代表　笑われたからって気にするな。みんな、あんたの言い分は理解している。同志諸君、人はなぜ故郷を愛するのか？　理由はこうだ。故郷の方がパンがうまいし、空が高いし、空気がいい。声にだって力が入るし、大地を踏みしめる足どりも軽くなる。そうじゃないかね？

上手の老農夫　この谷は昔から俺らのものだった。

負傷兵　「昔から」ってどういうことだ？　昔は誰ひとり、何も持っていなかったじゃないか。あんたが若い頃は、あんた自身、あんたのものじゃなかっただろ。豪族カズベクのものだった。

上手の老農夫　法的にはこの谷は俺らのものだ。

若い女性トラクター運転手　それが正当なものかどうか調べる必要があるね。

上手の老農夫　生まれた家のわきにどんな木が生えていようと、関係ないって言うのか？　隣近所が誰だろうとかまわないのか？　俺らは戻りたい。そして俺らのコルホーズの隣におたくらがいることに目をつむろうと言ってんだ、谷泥棒どもめ。ほらまた笑うがいい。

下手の老農夫　（笑う）おたくらの「隣人」である俺らの農学者カート・ヴァフタン【女性】の話を、なんでおとなしく聞かないいんだ？

上手の農婦　うちらの谷について言うべきことを、まだ全部言ってないからよ。壊れていない家がまだあるし、酪農場もまだ土台が残っている。

委員会代表　どちらにせよ、国の補助金を求める権利はある。わたしのカバンの中にはいくつか提案事項が入っている。

上手の農婦　同志委員会代表、これは取引とちがうのよ。あなたの帽子を取ってから、「こっちの方がいい」と言って別の帽子と取り替えるような真似はできないわ。他の帽子はいいものかもしれないけど、今かぶっている帽子が気に入っているってこと。

若い女性トラクター運転手　土地問題を帽子といっしょにしないでくれる。この国ではそうはいかないのよ、同志。

委員会代表　そういきり立たないでくれたまえ。土地を工具と同じに考えるのは正しい。しかし、特定の土地への愛着も認めたくはある。（下手に向かって）諸君がこの谷をどうするつもりか、もう少し詳しく話してもらいたい。

他の人々　そうだ、カートに話させろ。

委員会代表　同志農学者！

下手の女性農学者　（立ち上がる。軍服姿）同志のみなさん、この冬、この丘陵地帯でパルチザンとして戦っていたとき、わたしたちはドイツ軍を追い払ったら果樹栽培を十倍に拡大しようと話し合いました。わたしは灌漑施設の計画案を作成しました。山間の湖にダムを造ることで、三百ヘクタールの不毛の地を水で潤せます。わたしたちのコルホーズは果樹だけでなく、ワイン用のブドウも栽培できます。ただしこの計画は、コルホーズ・ガリンスクと係争中の谷も加えないと効果がないのです。これが計画書です。（農学者は委員会代表にファイルを渡す）

上手の老農夫　俺らのコルホーズが新たに馬の飼育をはじめる計画だってことも議事録に残してくれ。

若い女性トラクター運転手　同志のみんな、灌漑施設の計画はね、山にこもって、銃の弾にも事欠くときに日夜考えたことなんだよ。鉛筆だってろくになかったんだ。

（上手、下手双方から拍手）

上手の老農夫　コルホーズ・ローザ＝ルクセンブルクの同志と祖国防衛に立ち上がったすべての者たちに感謝する！

（みんな、握手して抱き合う）

下手の農婦　うちの男たちも、あんたらの男たちも、戦争から帰ったときに昔よりも豊かな故郷に戻ってほしいと思っただけさ。

若い女性トラクター運転手　詩人のマヤコフスキーが言っている。「ソヴィエトの民の故郷は理性ある故郷でなければならない」！

（上手の代表団は老農夫以外の全員が立ち上がって、委員会代表といっしょに農学者の設計図を検討する。「落差が二十二メートルなのはどうしてだ！」「ここの岩場を爆破するのか！」「セメントとダイナマイトがあればなんとかなるようだな！」「水はここから流すのか。うまく考えたな！」）

上手のとても若い労働者　（上手の老農夫に）丘陵のあいだの農地すべてに水がまわるんだとさ。見てみろよ、アレコ。

上手の老農夫　俺は見ない。計画がいいものなのはわかる。だが拳銃を胸につきつけられるのは我慢ならん。

委員会代表　といっても、胸につきつけようとしているのは、ただの鉛筆だがな。

（哄笑）

上手の老農夫　（暗い面持ちで立ち上がり、設計図を見にいく）谷泥棒どもは、この国では機械と計画に頭が上がらないことをよく承知している。

上手の農婦　アレコ・ベレシュヴィリ、あんたがわからず屋なのはよく知ってるよ。

委員会代表　議事録はどうする？　きみたちのコルホーズがこの計画のため、昔の土地を譲ることに同意すると書いていいかね？

上手の農婦　あたいは支持する。あんたはどうだい、アレコ？

上手の老農夫　（設計図にかがみこむ）こいつの写しが欲しい。

上手の農婦　それじゃ食事にしようかね。アレコが設計図を手に入れて、議論に参加してくれるなら、一件落着だわ。この人のことなら知ってる。うちのコルホーズの他の仲間もね。

（代表団双方が笑いながらふたたび抱擁する）

下手の老農夫　コルホーズ・ガリンスク万歳。新たな馬の飼育が成功するといいな！

下手の農婦　同志のみんな、コルホーズ・ガリンスク代表団と委員会代表の来訪に敬意を表して、あたいらの問題と瓜二つの芝居を打つ計画があるんだ。歌手のアルカーディ・チェイゼに協力を仰いでね。

（喝采。若い女性トラクター運転手が歌手を迎えに走っていく）

上手の農婦　同志のみんな、いい芝居なんだろうね。こちとら、谷で払うことになるんだから。

下手の農婦　アルカーディ・チェイゼは二万一千行も歌を知ってる。

下手の老農夫　彼の指導でばっちり稽古したさ。それにしても彼に指導してもらうのはとても難しい。北にももっと来てくれるよう、国家再建計画委員会にとり計らってもらいたいな、同志。

委員会代表　われわれの担当は経済問題なのでね。

下手の老農夫　（微笑む）ブドウの苗木やトラクターの分配を仕切ってるんだから、歌声の配給だって頼むぜ。

（若い女性トラクター運転手に連れられて、朴訥で体つきががっしりした歌手のアルカーディ・チェイゼが輪の中に入ってくる。いっしょに楽器を持つ四人の楽士も。楽団は拍手で迎えられる）

若い女性トラクター運転手　こちらは同志委員会代表よ、アルカーディ。

（歌手がまわりの人々に挨拶する）

上手の農婦　知り合いになれて光栄だよ。あんたの歌は学校で聴いたことがある。

歌手　このたびは歌付きの芝居です。コルホーズの方々が、ほぼ全員参加します。古い仮面の用意もあります。

上手の老農夫　古い伝説かい？
歌手　大昔の伝説で、題名は『白墨の輪』。中国から伝わった話です。もちろん形は変えて上演します。ユーラ、ちょっと仮面をいくつか見せてくれるかい。
上手の老農夫　（仮面のひとつに気づいて）これは豪族のカズベクだな！
歌手　同志のみなさま、かくも難儀な議論を終えたばかりのみなさまに余興をお見せできることは、わたしどもにとって光栄のいたりであります。昔の詩人の声がソヴィエトのトラクターの影でもよく響くと思っていただければ上々。ワインを混ぜ合わせるのは邪道でありますが、知恵の新旧はよく混じり合うもの。さて、芝居の前に食事をいただけるとありがたいのですが。それだけ芝居も盛り上がるというもの。
人々の声　もちろんだ。みんな、集会所に来たまえ。
（みんなが場を移そうとすると、委員会代表が歌手の方を向く）
委員会代表　（歌手に）芝居はどのくらいかかるんだね、アルカーディ？　今日中にトビリシに戻らなくてはならんのだが。
歌手　（さらりと）物語はふたつの筋からなっています。二、三時間というところでしょう。
委員会代表　（正直に）もっと短くしてくれないかね？
歌手　それは無理です。
（一同はにぎやかに食事に行く）

1　お世継ぎ

歌手　（楽士たちを前にして地面にすわっている。山羊の皮でできた黒いマントを肩にかけ、付箋がはさんである
　ぼろぼろの台本をめくる）

昔むかしのそのむかし　血なまぐさいこの世に
「呪われしところ」と呼ばれた町ひとつ
支配するは　太守のゲオルギ・アバシュヴィリ様
クロイソス王にもひけをとらぬ大金持ち
見目麗しき奥方にも
健やかなるお世継ぎにも恵まれた
グルジアの太守で
これほど多くの馬を持ち
これほど多くの物乞いを門前に集め
これほど多くの兵士を召し抱え

これほど多くの訴人が御殿に行脚する方はなし
ゲオルギ・アバシュヴィリ様をひと言で言うならば
人生謳歌の真っ最中
復活祭の日曜の朝
太守は家族を連れて
いざ、教会へ

（御殿のアーチ門から物乞い、訴人、痩せた子ども、障害者が請願書を振り上げながらあふれでてくる。甲冑姿の兵士ふたりが彼らを追い払う。そのあとから高価な装束をまとった太守一家がつづく）

物乞いたちと訴人たち　どうかお慈悲を。税金がとても払いきれません。ペルシアとの戦争で足を一本なくしました。代わりはどこで……。兄は何も悪いことをしていません。どうかお慈悲を。何かの間違いです。夫が飢えて死にそうなんです。うちの末息子の兵役を免除してください、お願いです。どうかお慈悲を。水の監督官が賄賂をもらっているんです。

（従者が請願書を集める。別の従者が袋から貨幣をだして分け与える。兵士たちが、重い革のむちを振り下ろしながら群衆を押し戻す）

兵士　さがれ！　教会の表玄関への道をあけろ！

（太守夫妻と副官につづいて、アーチ門から見事な乳母車に乗せられた太守のお世継ぎが出てくる。群衆がお世継ぎをひと目見ようとまたしても前に出てくる）

歌手　（群衆がむちで追い払われるのを見ながら）

このたびの復活祭で、民衆ははじめてお世継ぎを目にした。
太守の大事なお世継ぎには、ふたりの医者がかしずいている。
（群衆の声「若様だ！」「押すな、見えないじゃないか」「神様の祝福あれ、太守様」）

歌手　権勢誇る豪族のカズベク様でさえ、教会の前でお世継ぎに深々と頭を下げる。
（太鼓腹の豪族が歩み寄って、太守一家に挨拶する）

太鼓腹の豪族　復活祭、誠におめでとうございます、ナテラ・アバシュヴィリ様。
（号令。騎乗の男が近づいてきて、太守に紙筒を渡そうとする。太守の指図で、若い美男子の副官が騎乗の男のところへ行き、押しとどめる。太鼓腹の豪族は騎乗の男をうさんくさそうに見ている）
いい日和でございますな！　昨夜は雨模様だったので、気の重い祝日になると危惧していましたが、朝になると、空が晴れ渡りました。晴天はいいですな、麗しきナテラ・アバシュヴィリ様。お小さいミヘル様には、すでに太守の風格がございますな。こちょこちょ。（赤ん坊をくすぐる）復活祭おめでとうございます、ミヘル坊ちゃま、こちょこちょ。

太守夫人　じつはね、アルセン、ゲオルギが御殿の東側を増築する決断をしたのよ。町外れの貧民街をとり壊して庭園にする。

太鼓腹の豪族　それはようございました。最近は悪い知らせばかりでしたから。戦況はいかがですかな、ゲオルギ殿？（太守はよせというような仕草をする）戦略的撤退と聞いておりますが。ささいな敗退など気にすることはありません。うまくいくこともあれば、うまくいかないこともある。戦争は運次第。心配には及びませんよ。

太守夫人　あら、坊やが咳をした！　お聞きになった、あなた？（乳母車のすぐ後ろに控えている威厳に満ちたふたりの医者に鋭く）咳をしてる。

医者1　（医者2に）覚えておいでかな、ニコ・ミカゼ先生。ぬるま湯に入れることに反対したでしょう。お湯の温度に少々手抜かりがありました、奥方様。

医者2　（同じように慇懃に）それには同意いたしかねます、ミハ・ロラゼ先生。お湯の温度は我らが敬愛するミシコ・オボラゼ大先生の指示でございます。むしろ夜中のすきま風がよくなかったと思われます、奥方様。

太守夫人　それなら診察しなさい。熱があるようね、あなた。

医者1　（赤ん坊にかがみ込む）ご心配いりません、奥方様。湯をもうすこし熱めにすれば、二度とこのようなことにはなりません。

医者2　（医者1をじろっとにらむ）このことは忘れませんぞ、ミハ・ロラゼ先生。ご心配には及びません、奥方様。

太鼓腹の豪族　いやいや、いやいや！　普段から申し上げていることですが、吾輩の脇腹が差し込んだら医者の足裏を五十回のむち打ちにします。今は軟弱な時代なので、そのくらいで済まします。昔だったら、首をはねておりますよ！

太守夫人　教会に入りましょう。ここはきっと風が強いのよ。

（太守一家と従者からなる一行は教会の表玄関に入っていく。太鼓腹の豪族がつづく。副官は行列から離れて、騎乗の男を指差す）

太守　ミサが終わってからだ、シャルヴァ。

副官　（騎乗の男に）太守閣下はミサが終わるまで報告を受けない。どうせいい知らせではあるまい。それなら尚更だ。厨房で何か食わせてもらうのだな、戦友。

（副官は行列に戻る。騎乗の男はぶつぶつ言いながら御殿の門をくぐる。兵士がひとり御殿から出てきて、アーチ門に立つ）

歌手

町はのどかなり
広場ではハトがとことこ歩き
川の方からやって来る
包みを抱えた料理女がひとり
御殿を見張る兵士がからから

（大きな緑色の葉で包んだ何かを腕に抱えて、料理女がアーチ門をくぐろうとする）

兵士　おいおい、教会には行かないのか？　ミサをさぼるとはな。

グルーシェ　ミサに出るために着替えたんだけど、復活祭のごちそうにガチョウが足りないとわかって、買ってくるように言われたのよ。わたし、ガチョウに詳しいから。

兵士　ガチョウ？（疑うそぶりをする）本当にガチョウかどうか改めないとな。

（グルーシェはきょとんとする）

女は油断ならない。「ガチョウを買ってきた」と言って、何か別のものを持ち込むかもしれん。

グルーシェ　（兵士のところへ歩み寄って、ガチョウを見せる）これでどうよ。これがトウモロコシで育てた十五ポンドのガチョウでなかったら、羽根を食べてもいい。
兵士　ガチョウの女王だな！　太守様にはお誂え向きだ。それじゃまた川辺に行ったのか？
グルーシェ　ええ、鳥の飼育場にね。
兵士　川下の鳥の飼育場か。川上のヤナギが生えているところじゃないんだな？
グルーシェ　ヤナギが生えているところに行くのは洗濯をするときだけよ。
兵士　（もったいぶって）そりゃ、まずいな。
グルーシェ　何がまずいのよ？
兵士　（目配せしながら）まずいから、まずい。
グルーシェ　ヤナギが生えているところで洗濯をしてはいけないと言うの？
兵士　（おおげさに笑う）「ヤナギが生えているところで洗濯をしてはいけないと言うの？」いいねえ、じつにいい。
グルーシェ　わけがわからない。何がいいと言うの？
兵士　（ずるそうに）男にばれていると知ったら、女は目を白黒させるだろうな。
グルーシェ　ヤナギが生えているところの何を知っていると言うの？
兵士　向こう岸に藪があって、そこから丸見えって知ったら、そうも言ってられなくなるだろう。「洗濯」と言って、何をしてるか全部お見通し！
グルーシェ　何をしてるというの？　さっさと言いなさいよ。

兵士　いいものが見えるのさ。
グルーシェ　兵隊さんが言いたいのは、わたしが暑い日に足先を川につけていること？　他には何も思い当たらないけど。
兵士　いいや、もっと見える。
グルーシェ　もっと？　見えても足首まででしょう。
兵士　もっと見えるさ。（大笑いする）
グルーシェ　（むっとして）シモン・チャチャヴァ、恥を知りなさい。暑い日に誰かが川に足を入れるところを藪に隠れて待つなんて。きっとひとりじゃないでしょ！（走り去る）
兵士　（後ろから呼ぶ）他の奴なんか連れていくか！
（歌手がまた語りだすと、兵士はグルーシェのあとを追う）
歌手　町は静かだが
なぜか武装した兵士がたむろする
太守の御殿も静かなもの
ところが警備は厳重　どうしたわけだ
（下手の教会の表玄関から太鼓腹の豪族が足早に出てくる。立ち止まって、あたりを見まわす。上手のアーチ門には重騎兵がふたり待機している。豪族カズベクがふたりを見ると、何か合図してゆっくりとその前を通りすぎ、それから重騎兵のひとりがアーチ門をくぐって御殿に入る。もうひとりは上手に退場。あちこちから「位置につけ」と言う声がくぐもって聞こえる。御殿が包囲される。遠くで教会の鐘

の音。教会の表玄関から出てきた太守の一行が帰路につく）

歌手　太守様　御殿におなり
罠があるとも知らず
ガチョウはこんがり焼けたが
誰の口にも入らない
昼時は　食事の時間にあらず
昼時は　死の時間なり

太守夫人　（通りすぎる）こんなボロ屋で暮らすなどまっぴら。ゲオルギは小さなミヘルのためなら増築するけれど、わたしのためには何もしてくれない。ミヘルがすべて。すべてミヘルのため！

太守　カズベクが「復活祭おめでとう」と言ったのを聞いたな！　大変結構なことだ。しかしヌーハでは昨夜、雨など降らなかった。カズベクがいたところでは雨が降った。あやつはいったいどこにいたのだ？

副官　調べてみましょう。

太守　すぐに頼む。明日にも。

（一行はアーチ門をくぐる。御殿から出てきた伝令が馬に乗って、ふたたび太守のところへやってくる）

副官　都からの伝令です、閣下。今朝、親書を携えてまいりました。

太守　（歩きながら）まずは食事だ、シャルヴァ！

副官　（一行は御殿に入り、御殿を警備する重騎兵がふたりだけ門に残る。騎乗の者に）太守様は食事の前に戦況報告で煩わされるのを好まれぬ。午後は午後で、食事に招いた建築士のお歴々に相談がある。ああ、さっそくおいでだ。（三人の紳士がやってくる。伝令は退場。副官は建築士たちに挨拶する）みなさま、閣下がお待ちかねです。あいている時間はすべて、みなさまとの打ち合わせに使うと申されています。なにせ新たな大計画ですからな！　さあさ、早く！

建築士のひとり　ペルシア戦争の戦況が悪化したという不穏な噂があるのに、閣下は建築事業にとりかかるとは、じつに驚きです。

副官　そういう噂があるからこそです！　噂などたいしたことはありません。ペルシアは遠方！　わが士卒は太守閣下の御為に身を粉にして働く所存です。

（御殿から喧噪。甲高い女の悲鳴、号令。副官は唖然としてアーチ門へ向かう。重騎兵がひとり出てきて、副官に槍を向ける）

何事だ。槍をどかせ、この下郎。（御殿の衛兵に向かって語気荒く）武装解除しろ！　太守閣下への反逆になることがわからんのか？（御殿の警備に当たる重騎兵たちは命令に従わない。どうでもいいというように、副官を冷ややかに見つめ、その後の展開もただ見ているだけ。副官は兵士を押しのけて御殿に入ろうとする）

建築士のひとり　豪族方だ！　大公と太守たちに反旗を翻した豪族が昨日の夜、都で寄り合いをしたそうな。諸君、退散した方が無難だ。

（建築士たち、急いで退場）

歌手

偉大なるお方はうかつなもの！

永遠に安泰と勘違い
こうべを垂れる者には尊大に
借りものの拳に自信満々
長らくつづいた権力が頼み
されど　永遠などあるものか
ああ　世は移ろうもの　それが民衆の望み！
（捕縛された太守が完全武装したふたりの兵士にはさまれてアーチ門から出てくる。太守は顔面蒼白）
さらばだ　太守よ！　堂々と行かれるがよい！
御殿から注がれる無数の敵の目！
建築士はいらぬ　大工で充分
入るのは新たな御殿にあらず　小さな穴の中
これが見納め　振り返るがよい！
（捕縛された太守が振り返る）
汝が手にしたものはいかが？
復活祭のミサと昼食のあいだに
何人も帰り来ぬところへ赴くのだ
（太守は連行される。御殿の衛兵たちがそこに加わる。角笛の警報が聞こえる。アーチ門の奥が騒がしくなる）

大物の御殿　崩れ去り
小物もおおぜいあの世行き
幸運に恵まれぬ者も
不運なら分かち合う
馬車が奈落に落ちるときは
馬もろとも真っ逆さま

（アーチ門から使用人【複数】があわてふためいて駆けだしてくる）

使用人【複数】　（口々に）荷かごを寄こせ！　全員、三番目の中庭に集まれ！　食料は五日分だ。奥方様が失神なさった。早く下ろせ、すぐにお逃げにならないと。あたしたちは？　ニワトリみたいに殺される。知れたことだ。ああ、神様、どうなるんだ？　市内は血の海だそうだ。まさか。太守様は豪族との話し合いに招かれただけ。すべて丸く収まるさ。さっきそう聞いたばかりだ。

（ふたりの医者も中庭に駆け込んでくる）

医者1　（医者2を引き止めようとする）ニコ・ミカゼ先生、ナテラ・アバシュヴィリ様に付き添うのが医者であるあなたの務めですぞ。
医者2　わたしの務め？　あなたの務めでしょう！
医者1　今日のご子息当番はどちらですかな、ニコ・ミカゼ先生？　あなたですか、わたしですか？
医者2　正気かね、ミハ・ロラゼ先生。あんなガキのためにこんな呪われたところに一分でもいられるものか。

（ふたりはつかみ合いの喧嘩をはじめる。聞こえるのは「医者の務めをなんと心得る！」とか「医者の務めがなんだ！」とかいう言葉ばかり。それから医者2が医者1を殴り倒す）

えい、地獄に落ちろ。（退場）

（兵士シモン・チャチャヴァがあらわれ、群衆の中にグルーシェを捜す）

使用人【複数】　日が暮れるまでまだ時間がある。それまで兵士どもは酔っ払わないだろう。反乱があったって本当か？　御殿の衛兵が馬を駆っていってしまった。何が起きたのか、まだ誰も知らないのか？

グルーシェ　漁師のメリヴァの話じゃ、都の空に赤い尾を引く彗星が見えたそうよ。災いの前触れだわ。

使用人【複数】　都で昨日、ペルシアとの戦争に大敗したとお触れが出たらしい。豪族たちが大反乱を起こし、大公様が都落ちしたそうだ。各地の太守様が処刑されたって話だ。小物には手出ししないとよ。俺の兄弟は重騎兵なんだ。

副官　（アーチ門にあらわれる）全員、三番目の中庭に集まれ！　荷造りを手伝え！

（副官、使用人を追い払う。シモンはようやくグルーシェを見つける）

シモン　ここにいたのか、グルーシェ。これからどうするんだ？

グルーシェ　別に。いざとなったら山で暮らす兄がいる。あなたこそ、どうするの？

シモン　俺なら平気だ。（ふたたびしゃちほこばって）グルーシェ・ヴァフナゼ、俺の今後を気遣ってくれるのはうれしいかぎりだ。ナテラ・アバシュヴィリ様を警護するよう仰せつかっている。

グルーシェ　だけど御殿の衛兵が反乱を起こしたんじゃないの？

シモン　（真剣に）そうさ。

グルーシェ　奥方のお供なんて、危なくないの？
シモン　これがトビリシなら、短刀で刺すのは危険じゃないかって言うな。
グルーシェ　あなたは短刀じゃない。生身の人間よ、シモン・チャチャヴァ。奥方なんて、どうでもいいじゃない。
シモン　奥方なんて、どうでもいいさ。だが命令を受けた。だから馬を駆って出発する。
グルーシェ　これだから兵隊は石頭だっていうのよ。脇目も振らず危険に飛び込む。（御殿から彼女を呼ぶ声）行かないと。時間がない。
シモン　こんな緊急事態に言い争いはよそう。じっくり話すには時間が必要だ。ところで、ご両親は健在かな？
グルーシェ　いいえ。兄がいるだけ。
シモン　時間がない。もうひとつ質問する。おまえは水を得た魚のように元気か？
グルーシェ　右肩が凝るけど、どんな仕事だってこなせるわ。文句をいわれたことなんて一度もない。
シモン　ああ、知っている。復活祭の日曜日に誰がガチョウを買いにいく？　おまえくらいのものだ。では三つ目の質問。わがままなところはあるか？　冬場にどうしてもサクランボが食べたいとか？
グルーシェ　辛抱強いけど、無意味な戦争に出かけて、便りのひとつもよこさなければ、腹が立つと思う。
シモン　便りはするさ。（御殿からまたグルーシェを呼ぶ声）最後に一番だいじな質問だ……。
グルーシェ　シモン・チャチャヴァ、もう行かなくちゃ。急ぐのよ。だから答えは「はい」よ。
シモン　（気まずそうに）「急いてはことを仕損じる」と言うが、「待てば海路の日和あり」とも言う。俺の出身は……。

グルーシェ　クーックでしょ……。

シモン　知ってたのか？　俺は健康で、世話をする必要がある縁者はいない。月給は十ピアストル。経理係になれば二十ピアストルもらえる。いっしょになってくれないか。

グルーシェ　シモン・チャチャヴァ、喜んで。

シモン　（小さな十字架がさがっている細いネックレスを首からはずす）この十字架はおふくろの形見だ、グルーシェ・ヴァフナゼ。このネックレスは銀だ。これをかけていてくれ。

グルーシェ　ありがとう、シモン。

（彼はネックレスをかけてやる）

シモン　さあ、行った方がいい。でないと叱られる。俺も馬を馬車につながないと。わかってくれるよな。

グルーシェ　わかるわ、シモン。

（ふたりは別れられずにいる）

シモン　俺は忠誠を誓った部隊に奥方を送り届けるだけだ。戦が終われば戻ってくる。せいぜい二、三週間。許嫁をそんなに待たせるものか。

グルーシェ　シモン・チャチャヴァ、あなたを待つ。

心置きなく戦に赴くといい
血なまぐさい戦場　熾烈な修羅場
帰れない人もいる

あなたが帰れば　わたしはいる
緑なすニレの木陰で　あなたを待つ
葉を落としたニレの木陰で　あなたを待つ
最後のひとりまで　わたしは待つ
いついつまでも
あなたが戦場から戻るとき
戸口に軍靴はないでしょう
隣の枕を使った者もなし
わたしの口は　いまだキスを知らず
あなたが帰ってきたら　そう　帰ってきたら
昔のままだと　あなたは言うでしょう

シモン　ありがとう、グルーシェ・ヴァフナゼ。では、さらば！
（シモン、彼女に深々とお辞儀する。彼女も同じように深々とお辞儀する。それから彼女は振り返ることなく急いで走り去る。アーチ門から副官が出てくる）

副官　（荒々しく）馬を馬車につなげ。ぐずぐずするな、クズども。
（シモン・チャチャヴァは直立不動の姿勢をとり、退場。アーチ門から使用人がふたり、大きな木箱に押しつぶされそうになりながらあらわれる。そのあとから、女官たちに付き添われたナテラ・アバシュヴィリがよろけながら出てくる。女官のひとりが赤ん坊を抱いてついてくる）

太守夫人　誰もおらぬぞ。いったいどうしたらいい。ミヘルはどこじゃ？　そんなあぶなっかしい抱き方をするでない！　木箱を馬車にのせよ！　太守様の消息を聞いていないか、シャルヴァ？

副官　（首を横に振る）一刻も早くお発ちください。

太守夫人　市中はどうなっておる？

副官　今のところ静かですが、一刻の猶予もなりません。馬車に木箱をのせる余地などありません。必要最低限の品をお選びください。

（副官、急いで立ち去る）

太守夫人　必要最低限の品と申すか！　早く、木箱をあけよ。必要なものを言う。

（木箱が下ろされ、蓋が開けられる）

太守夫人　（特定の緞子の衣装を指差す）緑のと、もちろん毛皮の襟付きも！　医者はどこ？　ひどい頭痛。こめかみがずきずきしだした。その真珠のボタンがついているものも……。

（グルーシェ、登場）

どこで油を売っておった？　早く湯たんぽを持ってくるのじゃ。

（グルーシェは走り去り、湯たんぽを持ってくる。黙々と太守夫人の指図に従う）

太守夫人　（若い女官を見つめる）袖がちぎれるではないか！

若い女官　奥方様、滅相もございません。

太守夫人　わらわが目を光らせていたからな。そなたは前からけしからんと思っていたのじゃ。副官に色目を使いおって！　ただじゃ置かぬぞ、この牝犬。（女官を打つ）

副官　（戻ってくる）どうか、お急ぎを、ナテラ・アバシュヴィリ様。市内で戦闘がはじまりました。（ふたたび退場）

太守夫人　（若い女官を放す）なんと！　わらわを襲うと思うか？　なにゆえじゃ？（全員が黙る。太守夫人は自分で木箱の中をかきまわしはじめる）緞子のベストはいずこぞ？　手伝え！　ミヘルはどうしておる？　眠っておるのか？

乳母　はい、奥方様。

太守夫人　では、しばらくそこに寝かせて、寝室から牛革のショートブーツをとってまいれ。緑の衣装に合わせる。（乳母は赤ん坊を地面に寝かせて、走っていく。若い女官に）何をぼんやりしておる！（若い女官、駆け去る）待て、そなたは吊し首にする。（間）それになんて包み方じゃ。心もこもっていなければ、考えてもいない。いちいち指図しないと……こういうとき、使える奴か否かがわかるというもの。食べさせてもらっておきながら、これがその返礼か。覚えておくぞ。

副官　（ひどくあわてて）ナテラ様、早くおいでください。最高裁の裁判官殿がたった今、暴動を起こした機織りどもによって縛り首になりました。

太守夫人　なんじゃと？　銀の緞子を持っていかねば。千ピアストルもしたのだから。それからそこの毛皮も全部。ワインレッドの衣装はどこじゃ？

副官　（太守夫人を引きずっていこうとする）下町もきな臭くなっております。ただちに発たなくては。（使用人がひとり、駆け去る）若君はどこですか？

太守夫人　（乳母を呼ぶ）マーロ！　赤ちゃんの支度をなさい！　どこにおる？

副官　（立ち去りながら）どうやら馬車はあきらめて、馬で行くほかないようです。

（太守夫人は衣装をかきまわし、いっしょに持っていく方の山に投げてから、また捨てる。喧噪が大きくなり、太鼓を打ち鳴らす音が聞こえる。空が赤くなる）

太守夫人　（懸命に衣装をかきまわす）ワインレッドのはどこじゃ？（使用人がひとり、駆け去る。肩をすくめながら最初の女官に）この山は全部、馬車にのせよ。なにゆえマーロは戻ってこない？　みな、頭がおかしいのか？　やはり一番下にあると思った。

副官　（戻ってくる）早く、早く！

太守夫人　（最初の女官に）行くがよい！　そのまま馬車に放り込むのじゃ！

副官　馬車は捨てます。おいでにならないのなら、わたしひとりで行きます。

太守夫人　マーロ！　赤ちゃんを連れてまいれ！（最初の女官に）捜すのじゃ、マーシャ！　いいや、衣装を馬車にのせるのが先。ばかばかしい。誰が馬になんて乗るものか！（振り返って、火が赤々と燃え広がっているのを見て、身をこわばらせる）火事！（副官に引っ張られていく。最初の女官が首を横に振りながら服を抱えてついていく。アーチ門から使用人たちがやってくる）

料理女　燃えているのはきっと東門だよ。

料理人　みんな、行っちまった。食料を積んだ馬車は置き去り。どうやって逃げろというんだ？

厩番　この御殿もしばらく住めないぜ。スリカ、毛布を何枚か持ってこい。ずらかるぞ。

マーロ　（ショートブーツを持ってアーチ門から出てくる）奥方様！

太った女官　もう行っちまったよ。

マーロ　でも、若君が。（赤ん坊のところへ走っていき、抱き上げる）置いていくなんて、人でなし。（赤ん坊をグルーシェに渡す）ちょっと頼むわね。（まことしやかに）馬車を見てくる。（太守夫人のあとを追って走っていく）

グルーシェ　太守様はどうなさったのかしら？

厩番（喉笛を切られる仕草をする）一巻の終わり。

太った女官（その仕草を見て、ぎょっとする）なんてこと！　ゲオルギ・アバシュヴィリ様が！　今朝のミサではあんなにお元気だったのに。それが今は……わたしをここから運びだしておくれ。みんな、おしまいだ。地獄に落ちる。アバシュヴィリ様のように。

スリカ（太った女官に話しかける）落ち着いて、ニーナさん。あなたも連れていってもらえるわよ。誰も何もしやしないわ。

太った女官（連れだされながら）なんてこと、なんてこと。早く、みんな逃げるのよ。あいつらが来ないうちに、あいつらが来ないうちに！

若い女官　ニーナの嘆きようは奥方様も顔負けね。いや。お偉方は泣くことも人任せ。（グルーシェが抱いている赤ん坊に気づく）若君じゃないの！　何をしているの？

グルーシェ　置き去りにされちゃったんです。

若い女官　奥方が若君を置いていったの？　ミヘル様にはすきま風さえ当てさせないお方だったのに！

（使用人たちが赤ん坊を囲む）

グルーシェ　目を覚ましそう。

厩番　置いていけ！　この子を抱いているところを見つかりでもしたら、ただじゃすまない。みんなの荷物をとってくるから待っていてくれ。（御殿に入る）

料理女　厩番の言うとおりだ。こうなったら、一族が根絶（ねだ）やしになるまで収まらない。あたしも自分の荷物をまとめてくるよ。

（女ふたりと赤ん坊を抱いたグルーシェを残して、みんな立ち去る）

スリカ　その子を置いていけといわれたのが聞こえなかったの？

グルーシェ　乳母からちょっと抱いていてくれといわれたのよ。

料理女　戻ってきやしないわ、あんたも馬鹿ね！

スリカ　さっさと手を引くんだ。

料理女　奴らの目当ては奥方よりもこの子さ。お世継ぎだからね。グルーシェ、あんたは心が優しいけど、頭の回転は速くない。そんな疫病神を抱えていたら、命がいくつあっても足りないよ。自分が生き延びることを考えな。

（厩番が包みを持って戻り、女たちに分ける。グルーシェ以外は全員、旅支度が整う）

グルーシェ　（強情を張る）この子は疫病神なんかじゃない。人間らしい顔をしてる。

料理女　見たら情が移るよ。あんたは間抜けだから、なんでも押しつけられるんだ。おまえが一番足が速いから、サラダをとってこいといわれれば、すぐ駆けだすしまつだもの。あたしたちは牛車を仕立てる。急いで荷物をまとめてくれれば、乗せてあげるよ。あら、たいへん。下町はすっかり火の海のようね！

スリカ　荷物はどうしたの？　ぐずぐずしてたら、兵舎から重騎兵が来ちまう。

（女ふたりと厩番、退場）

グルーシェ　今行く。

（赤ん坊を地面に下ろし、ちょっと見て、置き去りにされたトランクから衣類をとりだし、いまだに眠っている赤ん坊にかける。それから自分の荷物をとってくるため、御殿に駆け込む。馬蹄の響きと、女たちの悲鳴。太鼓腹の豪族が酔っ払った重騎兵を数人連れて登場。ひとりが槍に刺した太守の首を掲げている）

太鼓腹の豪族　ここの真ん中がいい！（兵士のひとりが別の兵士の背中に乗って、首を手にとり、アーチ門の上部に掲げる）そこは真ん中じゃない。もっと右だ。そうそう。者ども、わしが命じたことは、滞りなくやらねばならん。（兵士がカナヅチとクギで髪のところで固定し、首をぶらさげる）今朝、教会の表玄関でゲオルギ・アバシュヴィリに「晴天はいい」と言ったが、本当は青天の霹靂の方が好みだ。だがあいつのガキを逃がしてしまったのは痛恨の極みだ。至急捕まえねば。グルジア中を捜索しろ！　賞金は千ピアストル！

（太鼓腹の豪族は重騎兵たちと退場。ふたたび馬蹄の音。グルーシェはあたりをおそるおそるうかがいながらアーチ門から出てくる。グルーシェは包みを抱えて、教会の表玄関へ向かう。表玄関のすこし手前で振り返り、赤ん坊がまだいるか見る。そのとき歌手が歌いはじめる。グルーシェはじっと佇む）

歌手

アーチ門と教会の表玄関
あいだに佇む娘　子どもの呼ぶ声

泣き声にあらず　凛とした声
「助けて」と娘には聞こえる
泣き声にあらず　凛とした声
「いいか　女よ　救いを求めるこの声を
無視して　立ち去るならば
恋人の声は二度と聞けぬと思え
朝一番のツグミのさえずりも
ブドウ摘みの仕事終わりの嘆息も
二度と聞けぬと思え」
これを耳にして

（グルーシェは二、三歩、赤ん坊に近寄り、かがみ込む）

娘は戻って　赤子を覗く
待つほかなし
誰かが来るまで
母親か　誰かが

（グルーシェは木箱にもたれかかり、赤ん坊と向き合ってすわる）

逃げるのはそれから　どうせ危険がいっぱい
町は火に飲まれ　阿鼻叫喚が木霊する

（照明を徐々に落とす。夕方、そして夜になったかのように。グルーシェは御殿に入り、ランプとミルクをとってきて、赤ん坊に飲ませる）

歌手　（大声で）
げに恐ろしきは、赤子にほだされたとき！

（グルーシェは赤ん坊を見守りながら夜を明かす。小さなランプに火をともし、赤ん坊を照らし、緞子のマントで包んで暖かくしてやる。ときどき誰かが来るような気がして、聞き耳を立て、あたりをうかがう）

娘はとどまる　赤子のそばに
日が陰り　夜の帳が下り
夜が明ける　それほど長くすわっていた
それほど長く　娘は眺めていた
静かな寝息　小さな手
朝方　我慢できずに立ち上がり
身をかがめて　ため息もらし
娘は赤子を運び去る

（グルーシェは歌手が語るとおりにする）

獲物のごとく　赤子を抱きかかえ
盗人のごとく　人目をさけて逃げ去った

2　北の山地への逃避行

歌手

町をあとにしたグルーシェ・ヴァフナゼ
グルジア軍道〔グルジアのトビリシとロシアのウラジカフカスを結ぶ全長約二百キロに及ぶ軍用道路〕辿る
北の山地をめざし　歌口ずさむ
山羊の乳を求めながら

楽士たち

無事に落ち延びられるか　情け深き娘
追いすがる猟犬　猟師の罠
人里離れた山をめざして
グルジア軍道辿る　歌口ずさむ
山羊の乳を求めながら

（グルーシェ・ヴァフナゼは赤ん坊を背嚢に入れてかつぎ、包みを片手に提げ、もう一方の手で大きな杖

をつきつつ歩く）

グルーシェ（歌う）

イランに遠征したとさ
四人の将軍
一人目は戦端ひらかず
二人目は勝てたためしなし
三人目は天気に負け
四人目は兵士に見捨てられ
四人の将軍
そろって帰還せず

イランに遠征したとさ
ソッソ・ロバキゼ
難戦苦戦ものともせず
早々に勝ちどき上げる
天気に恵まれ
兵士も勇猛果敢
ソッソ・ロバキゼ

彼こそ男なり

（農家が見えてくる）

グルーシェ　（赤ん坊に）昼時、みんな、食事をしてる。優しいグルーシェが山羊の乳をひと缶買ってくるから、この草むらで首を長くして待っていてね。（赤ん坊を地面に寝かせ、農家の戸を叩く。年とった農夫が開ける）山羊の乳をひと缶と、よかったらトウモロコシパンを一枚分けてくれませんか？

老人　山羊の乳？　そんなものあるもんか！　町から来た兵隊どもがうちの山羊を連れていっちまった。山羊の乳が欲しいなら、兵隊どもに掛け合いな。

グルーシェ　山羊の乳は赤ん坊のためなんです。そのくらいあるでしょう、おじいさん？

老人　それで代金は「ありがとう！」ってひと言でおしまいかい、えっ？

グルーシェ　そんなことはありません。（財布をだす）領主並みに払います。郷に入れば郷に従えって言いますから！（農夫はぶつぶつ言いながら山羊の乳をとってくる）おいくら？

老人　三ピアストル。値上がりしてる。

グルーシェ　三ピアストル？　これっぽっちなのに？（老人は何もいわずグルーシェの目の前で扉を閉める）ミヘル、聞いた？　三ピアストルですって！　無茶苦茶。（グルーシェは戻ってすわり、赤ん坊に自分のお乳を与える）もう一度試してみましょう。ほら、吸ってごらん。三ピアストルだなんて！　やっぱりだめね。でもお乳を飲んだ気にはなるでしょう。せめてもの慰め。（お乳を吸わない赤ん坊を見ながら首を横に振る。立ち上がって戸口に戻り、もう一度叩く）おじいさん、開けてちょうだい。代金を払うから！（小声で）くたばるがいい。（老人が戸を開ける）半ピアストルあれば買えると思ったんだけど、子どもにはどうしても必要なの。一ピアストルではだめ？

老人　二ピアストルだ。

グルーシェ　わかったわ。（財布の中身を長いことかきまわす）はい、二ピアストル。手を打つしかない。旅はまだ長いから。それでも足下を見るなんて、ひどい。

老人　山羊の乳が欲しけりゃ、兵隊をぶち殺すんだな。

グルーシェ　（赤ん坊に飲ませる）高くついたけど、お飲みなさい、ミヘル。三日分の給料が消えてしまった。このあたりの人は、わたしたちが楽に稼いでいると思ってるのね。ミヘル、なんて重荷を背負い込んでしまったのかしら。（赤ん坊をくるんだ緞子のマントを見ながら）緞子のマントは千ピアストルの値打ちがあるというのに、山羊の乳を買うお金にも事欠くなんて。（背後を見る）裕福な難民を乗せた馬車ね。あれに乗せてもらえるといいんだけど。

（隊商宿の前。グルーシェは緞子のマントを羽織りながら、ふたりの貴婦人のところに近づく。赤ん坊を腕に抱いている）

グルーシェ　あら、奥様方もここに宿泊なさるのですか？　どこも人でいっぱい。ひどいもんです。乗り物もまともに見つからない始末！　うちの御者は引き返してしまいまして。おかげでもう半マイルも歩きどおし。それも裸足で！　ペルシア靴をはいていたもので。あんなにヒールが高くてはね！　だけど、どうして誰も出てこないのかしら？

年配の婦人　宿の主はわざとじらしているのよ。都があんなことになってから、国中おかしくなってしまったわ。

（宿の主が出てくる。長い髭をはやした品のいい老人で、使用人を従えている）

宿の主　奥様方、この老骨をどうかお許しあれ。幼い孫が花盛りのモモの木を見せると言ってきかなかったものですから。ほら、トウモロコシ畑の向こうの斜面でございますよ。わたしどもはあそこに果樹を植えています。サクラの木も数本ございます。西側は（指差す）石だらけの土地なものですから、農民は山羊を放牧しています。モモの木をぜひともご覧ください。バラ色が目も綾でございます。

年配の婦人　このあたりは肥沃なのね。

宿の主　神様のお恵みです。南はいかがですか？　みなさまは南からおいでなのでしょう？

若い婦人　じつは風景を愛でる余裕などなかったの。

宿の主　（丁重に）わかります。ほこりがね。軍道はゆるゆると進むのが吉です。先を急ぐ身でなければですが。

年配の婦人　おまえや、マフラーを首に巻いた方がよくてよ。夜風がすこし冷たいから。

宿の主　ジャンギタウの氷河から吹き下ろしますので。

グルーシェ　そうね、うちの子が風邪をひいたらたいへん。

年配の婦人　大きな隊商宿だこと！　ここにしましょう。

宿の主　おお、奥様方は部屋をお望みですか？　宿はいっぱいでございます。おまけに使用人が数人逃げてしまいまして。あいにくですが、これ以上お泊めするのは無理です。紹介状をお持ちでも……。

若い婦人　けれども、路上で野宿するわけにはいかないわ。

年配の婦人　（平然と）いくらなの？

宿の主　奥様方、ご理解ください。このところたくさんの難民がおりまして。立派な身分の方もいますが、中にはお上から目をつけられている人物も宿を求めてまいります。こちらも慎重にならざるをえないのです。ですから……。

年配の婦人　あなた、わたしたちは難民ではなくてよ。山にある夏の離宮に向かっているところ。それだけ。まさか宿屋の好意にすがることになるとは夢にも思っていなかったわ。

宿の主　（うなずく）疑うものですか。ただ用立てできる小さな部屋がお気に召すか心許ないものでして。お代はひとりあたり六十ピアストルになります。みなさま、ご一緒ですか？

グルーシェ　まあね。わたしも泊まるところがいるんです。

若い婦人　六十ピアストル！　なんて暴利なの。

宿の主　（冷ややかに）奥様方、滅相もありません。では……（向きを変えて歩きだす）

年配の婦人　文句はそのくらいにしましょう。いらっしゃい。（宿に入る。使用人も従う）

若い婦人　（絶望して）ひと部屋、百八十ピアストル！（グルーシェの方を向く）子連れは無理よ。泣いたらどうするの？

宿の主　部屋代は、お二方でもお三方でも百八十でございます。

若い婦人　（それを聞いてグルーシェへの態度を変える）とはいえ、あなたを野宿させるのも忍びないわ。いらっしゃいな。

（隊商宿に入る。舞台の別の側の奥から、荷物を抱えた使用人があらわれる。そのあとから年配の婦人、若い婦人、赤ん坊を抱いたグルーシェ）

若い婦人　百八十ピアストル！　こんなにあきれたのは、夫のイーゴルが家に運び込まれたとき以来だわ。
年配の婦人　今イーゴルの話をしなくてもいいでしょう。
若い婦人　わたしたち本当は四人よね。子どもを勘定に入れてもいいでしょう？（グルーシェに）あなた、宿代の半分をだしてちょうだい。
グルーシェ　無理です。ご覧のように、急いで出てきたので、副官は充分にお金を渡すのを忘れてしまったんです。
年配の婦人　じゃあ、六十もないということ？
グルーシェ　それくらいならあります。
若い婦人　寝床はどこ？
使用人　寝床はありません。毛布と袋はそこです。寝床は自分でこしらえてください。穴蔵でないだけましと思ってください。多くの人はそういう憂き目にあっているんですから。（退場）
若い婦人　今の聞いた？　わたし、主人のところへ行ってくる。むち打ちにしなければ気がすまないわ。
年配の婦人　あなたの夫をむち打てばよかったのに。
若い婦人　ひどい。（泣く）
年配の婦人　寝床をこしらえるってどうやるわけ？
グルーシェ　わたしがします。（赤ん坊を床に寝かせる）みんなで助け合えばなんとかなります。あなた方にはまだ馬車があるでしょう。（床をはきながら）わたし、びっくりしたんです。夫が昼食の前に申したんです。「アナスタシア・カタリノフスカ、すこし横になるといい。おまえはすぐ頭痛になるから」（袋を引きずってきて、寝床を作る。グルーシェの働きぶりを見て、ふたりの夫人は顔を見あわせる）「ゲオルギ」わたしは太守に言いました。「お客が六十人も食事に来るのに、寝てなどいられない。使用人は頼りにならないもの。ミヘル・ゲオルギヴィチはわたしでないと何も食べないし」（ミヘルに）ほらね、ミヘル、大丈夫と言ったでしょ！（ふたりの夫人が急に変な目つきをして、耳打ちしていることに気づく）さあ、これで床に寝なくてすみます。毛布も二枚重ねにしました。

年配の婦人　（命令口調）寝床作りがずいぶんうまいじゃないの。手を見せて！

グルーシェ　（驚いて）どうしてですか？

若い婦人　手を見せるのよ。

（グルーシェはふたりの貴婦人に両手を見せる）

若い婦人　（勝ち誇って）ひび割れている！　使用人ね！

年配の婦人　（戸口へ行って、外に向かって叫ぶ）誰か！

若い婦人　正体を見破ったわよ。何を企んでいるの？　白状なさい。

グルーシェ　（当惑して）何も企んでなんかいません。ほんのすこしでも馬車に乗せてもらえないかなと思いまして。そんなに騒がないでください。言われなくても、出ていきます。

若い婦人　（年配の婦人が宿の人間を呼んでいる）ええ、出ていってもらうわ。警察といっしょにね。でも、今はここにいなさい。動いてはだめよ！

グルーシェ　でも六十ピアストル払うつもりですけど。（財布を見せる）ご覧ください。お金はちゃんとあります。十ピアストルが四枚、五ピアストルが、いえ、違いますね。これも十ピアストル。しめて六十。

赤ちゃんだけでも馬車に乗せて欲しいんです、それが本音です。

若い婦人　あら、馬車が目当てだったのね！　これでわかったわ。

グルーシェ　奥様、卑しい身分なのは白状します。どうか警察を呼ばないでください。この赤ちゃんは高貴な生まれなんです。このリネンの肌着をご覧ください。奥様方と同じで、逃げなければならない身の上なんです。

若い婦人　高貴な生まれねえ。父親は王子様と言うんでしょう？

グルーシェ　（年配の婦人に激しく）そんなに叫ばないでください！　あなた方には心がないんですか？

若い婦人　（年配の婦人に）気をつけて。何をするかわからないわ。危険よ！　助けて！　人殺し！

使用人　（来る）どうしたんですか？

年配の婦人　この女、貴婦人を騙（かた）ってここにもぐり込んだのよ。きっと泥棒だわ。

若い婦人　おまけに危険人物。わたしたちを殺そうとした。警察を呼んで。また頭痛がしてきた。

使用人　今は警察なんていませんけど。（グルーシェに）荷物をまとめてください、お嬢さん。さっさと姿を消すことです。

グルーシェ　（腹立たしげに赤ん坊を抱き上げる）人でなし！　さらし首になるがいい！

使用人　（グルーシェを押しだす）黙ってた方がいい。でないと、旦那が来る。旦那は冗談が通じない。

年配の婦人　（若い婦人に）何か盗まれていないか調べるのよ！

（ふたりの婦人は上手で、何か盗まれていないか夢中で調べる。下手の門から使用人がグルーシェと共に出てくる）

使用人　人を見たら泥棒と思えって言うだろう。これからは関わる前に相手をよく見るこった。

グルーシェ　同じようにすれば、もうちょっとましな扱いをしてくれると思ったのに。

使用人　それは甘い。ああいう怠惰で役立たずな連中の真似をすることほど難しいことはないさ。あんたが自分の始末ができて、働いた経験があるとばれたら、もうおしまい。トウモロコシパンとリンゴを何個か持ってきてやるから、ちょっと待ってな。

グルーシェ　よしたほうがいい。旦那さんが来る前に出ていくわ。ひと晩歩きとおせば、危険はないでしょう。（立ち去る）

使用人　（小声で声をかける）次の十字路を右に行くといい。

歌手

北へ向かう　グルーシェ・ヴァフナゼ

そのあとを追う　豪族の重騎兵

楽士たち

裸足ではたして逃げおおせるか

重騎兵に　猟犬に　罠をしかける者

夜を徹して追ってくる

追っ手は疲れ知らず

殺し屋の眠りは短い

（重騎兵がふたり、軍道を歩いている）

上等兵　でくの坊、この役立たず。ろくでなし。上官はささいなことでも気づく。二日前、俺がデブの女をものにしたとき、きさまは俺にいわれたとおり亭主を押さえて、奴の腹に蹴りを入れたが、あれは楽しくてやったのか、それとも仕方なくやったのか？　ちゃんと見てたぞ、でくの坊。きさまは頭がからっぽで、口先ばっかだ。昇進できっこないな。（ふたりは黙って歩きつづける）おまえがやたらと反抗的態度をとることに俺が気づいていないと思うのか。足を引きずるのはやめろ。馬を二頭とも叩き売ったから当てつけてるんだろう。だがあんな高値で売れることは二度とないぞ。足を引きずってるのは、歩きたくないからだな。わかっているとも。やっても無駄だし、ためにならん。歌え！

重騎兵ふたり　（歌う）

いざ　戦場へ　さびしく行進

愛しい人を故郷に残し

俺の帰還まで

あいつの操を守るは　友人ども

上等兵　声が小さい！

重騎兵ふたり

俺が墓穴に眠るとき　ひと握りの土を

愛しい人が投げ入れて　言うだろう

わたしの元へ通った足　ここに眠る

わたしを抱いた腕　ここに眠る

（ふたりはまた黙って歩きつづける）

上等兵　いい兵士ってのは身も心もしっかりしているもんだ。命令には絶対服従。敵の内臓に槍を突き刺せば、有頂天。上官のためなら身を粉にする。死にかけて目がうつろでも、上等兵様がよくやったとうなずけば、反応するもんだ。それが兵士の誉れ。他に何もいらない。だけど、きさまを誉めたりせんぞ。くたばっちまえ。こんな部下を連れて、どうやって太守のガキを見つけたらいいんだ。（歩きつづける）

歌手

シラ川のほとりに佇む　グルーシェ・ヴァフナゼ
逃げるに足重く　孤児は肩に重し

楽士たち

朝焼けに染まる　トウモロコシ畑
野宿の寒さが身に染みる
煙たなびく農家　ミルク缶の音
楽しいはずが　難民にはおそろしい
子連れに　子どもはただの重荷

（グルーシェ、農家の前に立つ。太った農婦が山羊の乳を入れた缶を戸口から運び入れる。グルーシェは農婦が家に入るのを待ち、そっと農家に近寄る）

グルーシェ　またもらしたのね。もうおむつの替えはないのよ。ミヘル、あなたとはもういっしょにいられない。町からこんなに離れてしまった。あなたのような薄汚れたおちびさんをこんなところまで追ってはこないでしょう。あそこの農家のおばさん、優しそうだし、山羊のお乳のいいにおいがするわ。元気でね、ミヘル。夜通し背中をけられたことは忘れてあげるから、食べものが粗末だったことをあなたも忘れてちょうだい。あれでも頑張ったんだから。連れていきたいのは山々よ。あなたの鼻ときたらこんなに小さいんだもの。でも無理。ウサギを一度も見せてあげられなかったわね。それにおねしょには閉口した。だけどもう戻らないといけないの。愛しい兵隊さんがもうじき帰ってくる。わたしがいなかったら悲しむでしょ。わかってちょうだい、ミヘル。

（グルーシェ、戸口に忍び寄り、赤ん坊を敷居の前に下ろす。それから農婦がまた出てきて、赤ん坊を見つけるまで木の裏に潜んで待つ）

農婦　あら、これは何？　驚いた！

農夫　（来る）どうした？　スープを飲む邪魔はするな。

農婦　（赤ん坊に）お母さんはどうしたの？　いないのかい？　男の子ね。上等なリネンだね。いいとこの子だ。あっさり戸口に捨て子とは。ひどい時代になったもんだよ！

農夫　俺たちが面倒を見ると思ったら大間違いだ。村の司祭のところへ連れていけ。それで一件落着だ。

農婦　司祭じゃだめでしょう。必要なのは母親よ。あら、目を覚ました。引きとったらいけないかねえ？

農夫　（叫びながら）だめだ！

農婦　ひじかけ椅子のわきに寝かせればいいさ。籠があれば充分。野良仕事に連れていく。かわいい笑顔だこと。あたしたちは雨露しのげる身なんだから、育てられるよ。つべこべいわないで。

（農婦は赤ん坊を家に連れて入る。農夫は文句を並べながら従う。グルーシェは木の裏から出てきて、笑

（いながら反対方向へ駆け去る）

歌手　町に帰る娘よ　やけにうれしそうじゃないか

楽士たち　身寄りのない子が　新しい親に笑いかけたから
わたしはうれしいの
愛するあの子から解放されたから
ああ　心がはずむ

歌手　ならばどうして　そんなに悲しむんだ

楽士たち　身も心も軽くなったから　悲しいの
物盗りにあった気分とはこのこと
なんてみじめな身の上

（すこし歩いたところで、槍を構えたふたりの重騎兵に出会う）

上等兵　そこの娘、ここで会ったが百年目。どこから来た？　おまえ、敵と内通しているだろう。敵はどこにいる？　何か企んでいるな。丘か。谷か。靴下はいて、行軍の準備はできてるってか？

（グルーシェ、ぎょっとして立ち尽くす）

グルーシェ　準備はできてます。でも、行進より後退の方がよくありませんか？

上等兵　後退ならいつもやっている。心配するな。それより、なんで槍をじろじろ見るんだ？「兵士たるもの、戦場では一瞬たりとも槍を手放すべからず」ってのがきまりだ。暗記しておけ、でくの坊。それより娘、どこへ行くところだ？

グルーシェ　婚約者のところです、兵隊さん。名前はシモン・チャチャヴァ、ヌーハで御殿の衛兵をしていました。わたしが手紙を書けば、あなたたちなんて、彼にこてんぱんにのされてしまうでしょうね。

上等兵　シモン・チャチャヴァなら知っている。ときどきおまえの様子を見てくれと言って、俺に鍵を預けていったっけ。おい、でくの坊、俺たちは嫌われているようだ。目的があってここにいることを、教えることにしよう。娘、俺は大真面目だ。ふざけてるように見えてもな。そして兵隊として言う。おまえの子どもをよこせ。

（グルーシェ、かすかな悲鳴を漏らす）

上等兵　でくの坊、こいつ、察しがいいな。驚き方がかわいいじゃねえか。「先にヌードルを竈から下ろさないと、将校さん。先にこの破けたシャツを着替えないと、大佐さん！」冗談はさておき、娘、この界隈でガキンチョを捜してる。町から来たお上品な子を知らないか？　上等なリネンの肌着を着ているはずだ。

グルーシェ　いいえ、聞いたこともないです。

歌手

走れ　優しい娘　殺し屋がやってきた！
身寄りのない子を救えや救え　走るのだ！

（グルーシェはいきなり身を翻し、パニックになりながら来た方へ駆け戻る。重騎兵たちは顔を見あわせ、
悪態をつきながらグルーシェを追う）

楽士たち
血なまぐさい時代にも
優しい人はいるものさ
（農家の中では、太った農婦が赤ん坊を入れた籠を覗き込んでいる。グルーシェ・ヴァフナゼが飛び込んでくる）

グルーシェ　早く隠して。重騎兵が来るんです。その子を戸口に置き去りにしたのはわたしです。でも、わたしの子ではありません。高貴な方のお子なんです。

農婦　誰が来るって？　重騎兵？

グルーシェ　ぐずぐずしないで。重騎兵がこの子を捜しているんです。

農婦　うちには何もないさ。だがおまえさんには言いたいことがある。

グルーシェ　その上等なリネンの肌着を脱がして。ばれてしまう。

農婦　リネンが何よ。この家のことは、あたしが決めるんだ。あたしのうちでうだうだ言うんじゃないよ。なんでこの子を捨てたのさ？　罪深いこった。

グルーシェ　（外をうかがう）もうすぐ木立の向こうにあらわれる。逃げださなければよかった。かえってあやしまれてしまった。どうしよう？

農婦　（同じく外をうかがい、急に悲鳴を上げる）大変だ。重騎兵よ！

グルーシェ　この子を追っているんです。

農婦　でも入ってきたらどうするの？

グルーシェ　渡さないでください。このうちの子だって言って。

農婦　わかった。

グルーシェ　渡したら、槍で突き殺されてしまいます。

農婦　でも、渡せといわれたら、どうするの？　うちには収穫物を売って稼いだ銀貨があるんだ。

グルーシェ　渡したら、槍で突き殺されてしまいます、この部屋で。だから、ここの子だって言ってください。

農婦　いいけど、信じなかったら？

グルーシェ　はっきりと言えばいいんです。

農婦　奴ら、家を焼き払うに決まってる。

グルーシェ　だからあなたの子だと言ってください。名前はミヘル。いえ、それを言ってはだめです。（農婦、うなずく）そんなにきょろきょろしてはだめ。ふるえていたら、気づかれてしまう。

農婦　わかった。

グルーシェ　「わかった」って言うのはやめて。聞いてられないわ。（農婦を揺さぶる）子どもはいないの？

農婦　（ささやく）戦場に行ってる。

グルーシェ　じゃあ、重騎兵になっているかもしれない。あなたの息子が赤ん坊に槍を突き刺すところを考えてみて。きっと叱りつけるでしょう。「部屋で槍をふりまわすのはやめなさい。そんな育て方をした覚えはないよ。母親と話す前に首を洗っておいで」って。

農婦　たしかに、そんな真似はさせないよ。

グルーシェ　ここの子だと言うって約束して。

農婦　わかった。

グルーシェ　来るわ。

（ドアをノックする音。農婦とグルーシェは答えない。重騎兵ふたりが入ってくる。農婦は深々とお辞儀する）

上等兵　見つけた。言っただろう。俺の鼻は利く。こいつは臭い。訊きたいことがある。さっきはなんで逃げたんだ？　何を考えてる？　よからぬことに決まってる。白状しろ！

グルーシェ　（農婦はしきりに平伏している）山羊の乳を火にかけたままなんです。そのことを思いだしたものですから。

上等兵　俺がいやらしい目で見てると思ったんじゃねえのか？　俺でもそう思うもんな。色目だ、わかるよな？

グルーシェ　とんでもないです。

上等兵　だけど、そう思ったんだろう？　認めろよ。実際、そういう糞野郎かもしれねえぞ。正直言って、おまえとふたりきりだったら、そんな気も起きそうだ。（農婦に）おまえは外で仕事があるんじゃないか？　ニワトリに餌をやるとかさ？

農婦　（いきなりひざまずく）兵隊さん、あたしはなんも知らないんでございますよ。どうか家を焼き払わないでくださいまし！

上等兵　何を言ってんだ？

農婦　あたしは関係ないんです、兵隊さん。この娘がこの子を戸口に捨てていったんです。本当でございます。

上等兵　（赤ん坊を見て、口笛を吹く）ほほう、籠の中に赤ん坊がいるぞ、でくの坊、千ピアストルのにおいがするぜ。そのばばあを外に連れだして、押さえておけ。俺は尋問せにゃならんようだ。

（農婦は黙って部下に連れていかれる）

上等兵　やっぱりガキがいるじゃねえか。こっちにいただきだ。（籠に近寄る）

グルーシェ　これはわたしの子です。あなたたちが捜している子ではありません。

上等兵　自分で確かめる。（籠にかがみ込む。グルーシェは絶望して見まわす）

グルーシェ　わたしの子です。わたしの子なんです！

上等兵　上等なリネンの肌着だ。

（グルーシェ、引きはがそうと飛びかかる。上等兵は彼女を突き飛ばして、ふたたび籠にかがみ込む。グルーシェは必死になって見まわし、大きな薪を見つけると、無我夢中で上等兵の頭に振り下ろす。上等兵は倒れる。グルーシェは急いで赤ん坊を抱いて、外に飛びだす）

歌手

　重騎兵から逃れて

さすらうこと　二十二日

ジャンギタウ氷河の手前で
グルーシェ　赤子を養子にした

楽士たち
養子にしたよ　寄る辺なき者が寄る辺なき子を
（グルーシェ・ヴァフナゼ、氷まじりの小川のそばでうずくまり、手にすくった水を赤ん坊に飲ませる）

グルーシェ
みんなから見捨てられ
引きとれるのは　わたしだけ
頼れる者などいないから
不毛の年の暗黒の日
苦楽を共にしましょうね

あなたを連れ歩き
足は傷だらけ
ミルクがあんまり高いから
あなたが愛しくなった　わたし
「もう別れることはできない」

上等な肌着は投げ捨て
ボロでくるみましょう
体を洗い清めましょう
氷河から流れでる　この水で
［我慢するのよ］
（グルーシェ、上等なリネンの肌着を脱がし、赤ん坊をボロ布にくるむ）

歌手
重騎兵に追われる　グルーシェ・ヴァフナゼ
東斜面の村に通じる　吊橋に立ち
歌うよ　くずれかけた吊橋の歌　ふたつの命を賭けて
（一陣の風が吹く。闇に浮かぶ吊橋。ロープが一本切れて、谷間に半ばぶら下がっている。商人たち、男がふたりに、女がひとり、吊橋の前で呆然と佇んでいる。グルーシェが赤ん坊といっしょにやってくる。ぶら下がっているロープを、男が棒ですくい上げようとしている）

男1　ちょっと待ちなさい、娘さん。峠越えはまだ無理だ。
グルーシェ　でも、この子を連れて兄のところへ行かなければならないんです。
女の行商人　行かなければならない？　だから何よ！　あたしだって行かなくちゃならない。アトゥームで絨毯を二枚仕入れることになってるんだ。一枚は旦那が死にかけている女が売りにだしている。でもあたしが行かなきゃ、女も売れない。アンドレイがもう二時間も、ロープをすくい上げようと悪戦苦闘している。すくい上げても、ちゃんと固定できるかどうか、あやしいものだけどね。
男1　（耳をすます）静かに。何か聞こえるぞ。
グルーシェ　（大声で）吊橋はまだ腐っちゃいないわ。渡れるかやってみる。
女の行商人　どんなに切羽詰まっても、あたしなら、やめておくね。自殺するのも同じよ。
男1　（大声で叫ぶ）ヤッホー！
グルーシェ　叫ばないで！（女の行商人に）叫ばないように言ってちょうだい。
男1　だけど、下から声がするんだ。道に迷っているのかもしれない。
女の行商人　それより、なんで叫んじゃいけないのさ？　なんかあるね？　追われているのかい？
グルーシェ　言うしかないわね。重騎兵に追われているんです。ひとり殴り倒したものだから。
男2　荷物を隠せ！
（女の行商人、袋を岩の陰に隠す）
男1　なんでそれをすぐにいわなかった？（他の連中に）奴らに捕まったら、この娘は八つ裂きにされるぞ！
グルーシェ　そこをどいて。橋を渡るの。
男2　無茶だ。谷底まで二千フィートはある。
男1　ロープをすくい上げられても、無謀なことさ。俺たちが両手でつかんでもいいが、それができるなら、重騎兵も渡れる。
グルーシェ　どいて！

（遠くで声「登れ！」）

女の行商人　かなり近いわね。でも赤ん坊を背負って渡るのは無理よ。橋は今にも落ちそう。下をご覧なさい。

（グルーシェ、奈落を見下ろす。下からふたたび重騎兵の声）

グルーシェ　だけどあの連中の方が恐ろしい。

男2　二千フィートだ。

男1　子どものためにもやめておけ。自分の命を賭けるのは勝手だが、子どもを巻き添えにするのはよくない。

男2　子どもの分、重くなるし。

女の行商人　そんなに渡ると言うのなら、その子を預かって、どこかに隠すわ。ひとりで渡るといい。

グルーシェ　それはできないわ。わたしたちは一心同体。（子どもに）死なばもろともよね。

息子よ　谷底深く
橋はもろい
息子よ　それでも
他に道はない
この道を行くのよ
あなたのために選んだのだから
このパンを食べるのよ

あなたのために手に入れたのだから
わずかでも食べものあれば
四つに三つはあなたにあげる
でも　それがどんな大きさだろうと
わたしは気にしない

やってみる。

女の行商人　神様を試すつもり？（下から声）

グルーシェ　棒は投げ捨てて。さもないと奴らがロープをすくって、わたしを追ってくる。

（ぐらぐら揺れる橋に踏みだす。橋が崩れると思ったのか、女の行商人が叫ぶ。しかしグルーシェは進みつづけ、向こう側に辿り着く）

男1　渡ったぞ。

女の行商人　（膝をついて祈っていたが、悪意を込めて）罰が当たるよ。

（重騎兵たち、登場。上等兵は頭に包帯を巻いている）

上等兵　赤ん坊を連れた女を見なかったか？

男1　（もうひとりの男が棒を谷に投げ捨てる）はい。あそこに。でも兵隊さんでは橋がもたないでしょう。

上等兵　でくの坊、きさまのせいだからな。（向こう側のグルーシェ、笑って、重騎兵たちに赤ん坊を見せてから、橋を後にして立ち去る。風が吹く）

グルーシェ　（ミヘルを見ながら）風なんて怖くないわよ。哀れな犬みたいなもの。風は雲を吹き払って、自分が一番寒い思いをしている。

（雪が降りはじめる）

グルーシェ　雪なんてたいしたことない。雪が松の若木を覆うのは、冬場に枯れないようにするため。そうだ、歌を歌ってあげる。聞いていてね！（歌う）

あなたの父さん　盗賊で
あなたの母さん　尻軽女
それでも立派な殿方が
あなたにおじぎするでしょう

虎の子よ
子馬にエサをやるがよい
蛇の子よ
母親にお乳をやるがよい

3　北の山中

歌手

妹がさすらうこと　早七日
氷河を越えて　山裾へ
兄の家に着きさえすれば
兄は　抱いてくれるはず
「妹よ　よく来た」と言うだろう
「ずっと待っていたんだ　これが女房
ここが俺の農場　結婚してついてきた
馬が十一頭に　乳牛が三十一頭　まあすわれ！
子どももいっしょに食事をとるといい」
兄の家はすてきな谷にある
たどり着いたはいいが　妹　病気になっていた

兄は食卓から立ち上がる

（太った農民夫婦がすわって食事をとるところ。ラヴレンチー・ヴァフナゼが首にナプキンを巻いたとき、使用人に支えられたグルーシェが青い顔で、赤ん坊といっしょに入ってくる）

ラヴレンチー・ヴァフナゼ　どこから来たんだ、グルーシェ？

グルーシェ　（弱々しく）ジャンギタウ峠を越えてきたわ、兄さん。

使用人　干し草小屋の前で見つけました。赤ちゃんを連れています。

義理の姉　月毛の馬の手入れをしておいで。（使用人、退場）

ラヴレンチー　俺の女房のアニーコだ。

義理の姉　ヌーハで働いていたんじゃないの？

グルーシェ　（まともに立っていられず）ええ、そうよ。

義理の姉　いい職場じゃなかったの？　いいって聞いていたけど。

グルーシェ　太守様が殺されたの。

ラヴレンチー　ああ、反乱が起きたって話だな。おまえのおばさんから聞いている。覚えてないのか、アニーコ？

義理の姉　このあたりは静かなものよ。町の人は何かというと騒ぎを起こす。（戸口へ行って叫ぶ）ソッソ、ソッソ、パンはまだ竈からだしちゃだめだよ。聞いているのかい？　どこに隠れているのさ？（呼びながら退場）

ラヴレンチー　（小声で早口に）父親はいるのか？（グルーシェが首を横に振る）そうだろうと思った。何か作り話をでっちあげないとな。女房は信心深いんだ。
義理の姉　（戻る）なんて使用人かね！（グルーシェに）子どもがいるの？
グルーシェ　わたしの子よ。
義理の姉　なんてことだろうね。病気だなんて。どうしたらいいのさ？
（ラヴレンチーはグルーシェを暖炉のそばのベンチに連れていく。アニーコが驚いて手を横に振り、壁際の袋を指差す）
ラヴレンチー　（グルーシェを壁際へ連れていく）ほら、すわりな。ただ衰弱してるだけだろう。
義理の姉　猩紅熱（しょうこうねつ）でなけりゃいいけどね！
ラヴレンチー　それなら斑点が出るはずだ。弱ってるだけだから安心しろ、アニーコ。（グルーシェに）すわっていれば、よくなるよな？
義理の姉　赤ん坊は妹のかい？
グルーシェ　わたしの子よ。
ラヴレンチー　旦那のところへ行くところだとさ。
義理の姉　そうなの。肉が冷めるよ。（ラヴレンチーはすわって食事をはじめる）冷めた肉はだめだよ。脂が固まってよくない。あんたは胃が弱いんだからね。（グルーシェに）旦那は町にいないの？　いったいどこにいるのさ？
ラヴレンチー　山向こうで結婚したそうだ。
義理の姉　ふうん、山向こうねえ。（自分も食べるために食卓に向かう）

グルーシェ　横になりたいんだけど、兄さん。
義理の姉　（尋問をつづける）これが肺結核だったりしたら、みんなにうつる。あんたの旦那には農場がある
　のかい？
グルーシェ　兵士よ。
ラヴレンチー　でも小さいが、父親から農場を譲られているんだよな。
義理の姉　兵士なのに、出征しないの？　どうして？
グルーシェ　（つらそうに）出征しているわ。
義理の姉　じゃあ、なんであんたは農場へ行こうとしているの？
ラヴレンチー　戦争から戻ったら、農場で落ち合うことになっている。
義理の姉　でもあんたは今から行くってわけ？
ラヴレンチー　ああ、そこで彼を待つんだ。
義理の姉　（金切り声で叫ぶ）ソッソ、パンだよ！
グルーシェ　（熱に浮かされたようにつぶやく）農場。兵士。待つ。すわってお食べ。
義理の姉　やっぱり猩紅熱だ。
グルーシェ　（短気になって）ええ、夫には農場がある。
ラヴレンチー　弱ってるだけだ、アニーコ。パンが焼けたか見てきてくれないか？
義理の姉　だけど、いつ帰ってくるんだい？　また戦争がはじまったっていうじゃないの。（外に歩いていって叫ぶ）ソッソ、どこにいるの？　ソッソ！

ラヴレンチー　（急いで立ち上がり、グルーシェのところへ行く）すぐに小部屋にあるベッドに寝かせてやるから。あいつは悪い奴じゃないんだが、食事の前は機嫌が悪くなるんだ。
グルーシェ　（赤ん坊を兄に差しだす）受けとって！（兄は赤ん坊を受けとって、きょろきょろする）
ラヴレンチー　長くは置けないぞ。あいつは信心深いんでな。
（グルーシェ、倒れ込む。兄が受け止める）
歌手
妹　病に倒れ
気弱の兄が引き取る
秋が来て　冬が来た
冬は長いようで
短かいもの
誰にも知られてはならない
ネズミにかじられてはだめ
春が来ては迷惑
（グルーシェ、道具部屋で機織り機に向かってすわっている。彼女と床にしゃがんでいる子どもは、毛布にくるまっている）
グルーシェ　（機織りをしながら歌う）
出征する　恋人

あとを追う　許嫁
すがりついて泣く　ふたり
愛しい方　愛しい方
戦場に赴くなら
敵と刃を交えるのなら
先陣を切ってはだめ
後陣に控えるのもだめ
前には紅蓮の炎
後ろには赤い煙
隊列の真ん中がいい
旗持ちのそばがいい
先陣は死ぬのが定め
後陣も狙われる
帰ってこられるのは　真ん中ばかり

ミヘル、うまく立ちまわらないとね。小さくなっているのよ、ゴキブリみたいに。そうすれば義理のお姉さんも、わたしたちが居候していることを忘れる。そうすれば雪解けまでここにいられる。いくら寒いからって、泣いてはだめよ。貧乏なうえに凍えていては、嫌がられてしまう。

（ラヴレンチー、登場。妹のそばにすわる）

ラヴレンチー　なんて恰好だ。御者じゃあるまいし。部屋が寒すぎるか？

グルーシェ　（急いでマフラーをはずす）寒いもんですか。

ラヴレンチー　寒すぎるなら、子どもといっしょにこんなところに籠もることはない。アニーコが気にする。

（間）

ラヴレンチー　その子のこと、神父さんに根掘り葉掘り訊かれなかったろうな？

グルーシェ　訊かれたけど、何もいわなかった。

ラヴレンチー　それでいい。アニーコのことで話がある。あいつは気立てがいいが、ひどく神経質なんだ。うちの農場について誰も取り沙汰しなくても、あいつはびくびくしている。気が小さい。牛飼い女が前に穴のあいた靴下をはいて教会に来たことがあるんだが、あれ以来、アニーコは教会へ行くとき靴下を二枚重ねにする。信じられないが、昔気質なのさ。（聞き耳を立てる）ここにドブネズミは出ないか？　出るなら、ここにはいられない。（屋根から落ちる雨だれのような物音が聞こえる）何か滴っているな。

グルーシェ　樽からもれてるんでしょう。

ラヴレンチー　ああ、樽だな。ここに来て半年になるな？　アニーコの話はしたっけ？　もちろん、あいつに重騎兵のことは言ってない。あいつは心臓が弱いからな。だから、おまえが仕事につけない事情もわかっていない。それで昨日、あいつはあんなことを言ったんだ。（ふたりはまた雪が解けて滴る水の音に耳をすます）あいつがおまえの兵隊さんを気にしている。「もし帰ってきても、妹を見つけられなかったらどうするの？」と言って、眠れないほどだ。「春になるまでは帰ってこないさ」と俺は言ってる。いい奴さ。（滴のしたたる音が速くなる）おまえの兵隊さんはいつ帰ってくると思う？

（グルーシェ、無言）

ラヴレンチー　春になる前は無理だろうな。

（グルーシェ、無言）

ラヴレンチー　もう帰ってこないと思ってるだろう。（グルーシェ、無言）春になって、ここや峠道の雪が解けたら、ここには置いておけない。追っ手がかかるだろうし、私生児（てなしご）の噂が立つ。（水滴の音がグロッケンシュピールのように大きく、絶え間なく鳴っている）

ラヴレンチー　グルーシェ、屋根の雪が解けている。春だ。

グルーシェ　そうね。

ラヴレンチー　（熱心に）じつは考えていることがある。仕事につく必要はない。子持ちだから（ため息をつく）人にとやかく言われないように旦那を持つんだ。おまえの旦那になりそうな男をこっそり物色してきた。グルーシェ、見つけたよ。息子を持つ女と話をつけた。山向こうに小さな農場を持っている。あっちも乗り気だ。

グルーシェ　だけど結婚なんてできない。シモン・チャチャヴァを待たなくちゃ。

ラヴレンチー　もちろんだ。うまいことを考えたんだ。男と寝床を共にする必要はない。あくまで書類上の夫さ。そういうのを見つけてきた。話をつけた農婦の倅は死にかけている。すばらしいじゃないか。今にも息を引きとろうとしてるんだ。それに「山向こうの男」って作り話にもぴったり当てはまる！　おまえが嫁ぐ頃にはくたばってるから、そのまま未亡人だ。どうだい？

グルーシェ　ミヘルには書類上の父親が必要ね。

ラヴレンチー　書類に公印が押されれば、すべて解決だ。公印がなけりゃ、ペルシアのシャーが、余はシャーであるぞよって言ったって通用しない。これでおまえもねぐらが確保できるってもんだ。
グルーシェ　交換条件は？
ラヴレンチー　四百ピアストル。
グルーシェ　そんなお金、どうしたの？
ラヴレンチー　（罪の意識を抱きつつ）ミルクを売った上がりさ。
グルーシェ　そこなら、わたしのことは誰も知らないのね。わかった。
ラヴレンチー　（立ち上がる）さっそくあちらさんに知らせる。（急いで退場）
グルーシェ　ミヘル、おまえには本当に苦労させられる。おまえとわたしは、スズメにたかられたナシの木と同じ。パンくずが腐るのを見過ごせなくて拾い上げるキリスト教徒ってところ。ミヘル、復活祭の日曜日、もっと早くヌーハから逃げていればよかった。わたしは本当に馬鹿。

歌手
　花嫁が着いたとき　花婿はご臨終
　戸口で待つ姑　花嫁をせっつく
　子連れの花嫁　結婚式　立会人は子どもを隠す
（部屋は間仕切りで分けてある。一方には寝台があり、蚊帳の中に重病人がじっと横たわっている。もう一方の側に姑がグルーシェの手を引いて駆け込む。そのあとから子どもを抱いたラヴレンチー）
姑　早く、早く、結婚する前にあの世へ行っちまう。（ラヴレンチーに）だけど子どもがいるなんて、聞いてなかった。

ラヴレンチー　いいじゃないか。（瀕死の男を指して）このありさまじゃ、息子さんにはどうでもいいことだ。

姑　倅にはそうでも、あたしは生き恥をさらせるもんかい。うちはまっとうな一家なんだ。（泣きだす）うちのユスプが子持ちの娘と結婚するなんて。

ラヴレンチー　わかった。二百ピアストル上乗せする。畑があんたのものになるという遺言状は見せてもらったが、妹にもここに住む権利を二年間は保証してもらいたい。

姑　（涙をふきながら）それじゃあ、葬式の足しにもなりゃしない。あの娘は本当に畑仕事ができるんだろうね。それより修道士はどこだい？　台所の窓から逃げだしちゃいないだろうね。ユスプが死にかけてるなんて言い触らされたが最後、村中が総出で押しかけてきちまうよ。くわばら、くわばら！　修道士をつかまえてくる。だけど、子どもを見せちゃだめだよ。

ラヴレンチー　見られないようにするとも。ところで、なんで司祭でなく、修道士なんだ？

姑　どっちも同じじゃないか。結婚式の礼金の半額を前払いしたのが間違いだった。あいつ飲み代にしちまってね。まさか……。（駆け去る）

ラヴレンチー　司祭に払う礼金をけちったな。修道士で安くすませようってのか。

グルーシェ　シモン・チャチャヴァが戻ってきたら、ここへ来るように言ってね。

ラヴレンチー　ああ。（病人を指差して）こいつの面を拝まなくてもいいのか？

（グルーシェはミヘルを抱きよせて、首を横に振る）

ラヴレンチー　身動きひとつしないぞ。手遅れでなきゃいいが。

（ふたりは聞き耳をたてる。反対側から近所の人たちが入ってきて、あたりを見まわしながら壁際に並ぶ。みんな祈りの言葉をささやく。姑が修道士といっしょに入ってくる）

姑　（人々を見て腹をたてながら修道士に）いわんこっちゃない。（客の前でお辞儀する）もうすこし待っておくれな。倅の花嫁は町から来たばかりでね。大急ぎで結婚式をするのさ。（修道士といっしょに寝室へ）あんたが言い触らすと思ったよ。（グルーシェに）すぐに式を挙げるよ。これが届け出書類だ。あたしと花嫁の兄が……（ラヴレンチーはグルーシェからミヘルを受けとると、裏に隠れようとする。姑もさっさと引っ込むように合図する）あたしと花嫁の兄が立会人だ。

（グルーシェは修道士にお辞儀する。彼らは寝台に近づく。姑が蚊帳をまくり上げる。修道士は婚姻の秘蹟をラテン語でぺらぺら唱える。姑は、子どもを泣かすまいとして、子どもに式を見せようとするラヴレンチーに、子どもを連れていくようにしつこく合図する。グルーシェが子どもの方を見たとき、ラヴレンチーは子どもの手をとって、彼女に向かって振る）

修道士　汝はふたりを死が別つまで夫に尽くし、従い、善良なる妻として添い遂げるか？

グルーシェ　（子どもを見ながら）はい。

修道士　（瀕死の花婿に）汝はふたりを死が別つまで、善良で心優しい夫となるか？

（瀕死の花婿が何も答えないので修道士は再度問いかけ、それからあたりを見まわす）

姑　もちろんさ。「はい」と言ったのが聞こえなかったのかい？

修道士　いいでしょう。ふたりが結ばれたことを宣言します。して、臨終に際しての病者の塗油はいかがなさいます？

姑　そっちは結構。結婚だけでも高くついたからね。それにこれから弔問客をもてなさないと。（ラヴレンチーに）七百だったっけね？

ラヴレンチー　六百だよ。（数える）客と同席して、おべんちゃらを言う気はない。じゃあな、グルーシェ。未亡人になった妹が訪ねてきたら、うちの女房も歓迎するだろう。そうでないと、金を用立てた甲斐がない。（立ち去る。前を通っていく彼を、弔問客は無表情に見送る）

修道士　ときに、あれはいかなるお子なのでしょうか？

姑　子ども？　子どもなんて見えないけどね。あんたにも見えない。おわかりかい？　あんたが飲み屋に入り浸っているのは先刻承知なんだからね。さあ、おいで。

（グルーシェは子どもを床に寝かせ、おとなしくしているように言い聞かせると、姑といっしょに弔問客がいる部屋に戻る。グルーシェは隣人に紹介される）

姑　うちの嫁だよ。ユスプが生きてるうちに会えた。

女のひとり　ユスプは寝込んでからもう一年になるかねえ？　うちのワシリーが招集されたとき、壮行会に顔をだしていたのに。

別の女　トウモロコシが実っているのに、男手が寝床の中だなんて、困ったものね。これ以上苦しまない方が本人のためだよ。本当に。

最初の女　（こっそり）はじめ、寝込んだのは兵隊になるのがいやだからだと思ったけどね。いよいよ年貢の納めどきかい！

姑　さあ、すわって焼き菓子でもどうぞ。

（姑、グルーシェに合図する。ふたりは寝室に入り、焼き菓子がのっているブリキの盆を床から持ち上げる。修道士と弔問客は床にすわってひそひそとおしゃべりをはじめる）

農夫　（修道士が服（スータン）から酒瓶をだして渡す）子どもがいるっていうのか？　いったいいつの間に？

女　嫁さんもついていたね。婿殿の病気が悪いのに、式が挙げられたんだから。

姑　あああ、さっそくおしゃべりしながら、お通夜の菓子を平らげてる。これで倅が今日死ななかったら、明日また焼かなきゃならない。

グルーシェ　わたしが焼きます。

姑　昨日の夜、騎兵がうちの前を通ったんだ。誰だろうと思って、あたしは外へ見にいった。それから家の中に戻ると、倅が死んだみたいに倒れてた。だからあんたたちを呼んだんだ。もうすぐだよ。（耳をすます）

修道士　結婚式および葬式に参列されたみなさん！　わたしどもは新床と臨終の床に立っているのであります。感動の極みです。なぜなら新婦はベールをかぶり、新郎は墓に入ろうとしているからです。新郎はすでに身を浄め、新婦もそのときを待っています。人生最後の思いが果たされる新床。熱い思いはいやますでしょう。人の運命は十人十色。頭に屋根が落ちてきてみまかる方もいれば、我が身が塵に返ると知りつつ結婚する方もいる、アーメン。

姑　（それを聞いて）腹いせになんか言ってるよ。いくら安くても頼むんじゃなかった。高い司祭の方がよかったよ。スーラにいた司祭さんなんか、神々しかった。だけど礼金はたんまりとる。五十ピアストルで請け負う奴に品なんてあるわけがない。ありがたさだって、五十ピアストル相当さ。あいつを飲み屋から連れてくるとき、なんだか演説をぶって、「戦争が終わった。平和を恐れよ！」なんて叫んでたっけ。さあ、戻るよ。

グルーシェ　（ミヘルに菓子を与える）これを食べておとなしくしているのよ、ミヘル。これでわたしたちは身元のたしかな人間になれた。

（ふたりは菓子をのせた盆を弔問客のところへ運ぶ。瀕死の花婿は体を起こすと、蚊帳から首をだし、ふたりを見る。それからまた体を沈める。修道士は服から酒瓶を二本だし、隣にすわっている農夫に渡す。楽士が三人登場。修道士はにやつきながら楽士たちに会釈する）

姑　（楽士たちに）楽器なんか持ってきて何の用だい？

楽士たち　ここにいるアナスタシウス修道士から聞いたんすよ（修道士に）結婚式があるとかで。

姑　なんだい。このうえまた三人に金を払えってのかい？　うちには瀕死の倅がいるんだよ。

修道士　芸術家にとっては腕の見せどころ。しめやかなる喜びの行進曲か、はたまた元気溌剌な弔いの舞曲か。

修道士　ラッパの音はさながら子どもの泣き声のようですな。太鼓はこの世をうちふるわすつもりかな？

（楽士たち、合奏をはじめる。女たち、菓子を配る）

修道士の隣の農夫　どうだい、新婦に足を丸だしにして踊ってもらっちゃ？

修道士　おみあし踊りか、はたまたおくやみ踊りか？

修道士の隣の農夫　（歌う）

桃尻娘がくっついたよ　おいぼれと

娘は言ったよ　形だけの結婚
遊びのつもり
結婚証書を丸めたけれど
ロウソクの方がよく燃える
（姑は酔っぱらった農夫を追いだす。音楽中断。客たち、戸惑う）

客たち　（大声で）大公が戻ってきたって話を聞いたか？　だけど豪族たちは大公と張り合ってる。グルジアの動乱が収まるようにペルシアのシャーが大公に大軍を貸したらしいぞ。そんなのありか？　ペルシアのシャーは大公の宿敵じゃなかったのか？　だけど動乱は嫌いなのさ。ともかく戦争は終わりだ。兵隊が帰還しはじめている。

（グルーシェ、菓子の盆を落とす）

女　（グルーシェに）どうしたの？　ユスプを思って興奮しちゃった？　すわって休んだら？

（グルーシェ、ふらふらしながら立っている）

客たち　これで何もかも元通り。だけど戦費がかかったから税金が上がるな。

グルーシェ　（弱々しく）誰か、兵隊が帰還するって言いませんでした？

男　俺が言った。

グルーシェ　そんなばかな。

同じ男　（女に）そのマフラーを見せてやりな！　兵隊から買ったんだ。ペルシア帰りのな。

グルーシェ　（マフラーを見つめる）帰ってくるのね。

（長い間。グルーシェは落とした菓子を拾い集めるためにひざまずく。首にかけた銀のネックレスの十字架をブラウスからだし、口づけをして祈りはじめる）

姑　（客たちが黙ってグルーシェを見ていることに気づいて）どうしたのさ？　お客のもてなしをしないのかい？　町でどんな馬鹿なことがあったって、関係ないじゃないか。

客たち　（グルーシェは床に額をつけ、じっとしている。大きな声でまわりの会話がつづく）ペルシア製の鞍だって兵隊から買える。松葉杖と物々交換した奴も大勢いる。上の連中はどちらかが勝利をつかむが、兵卒はどっちの側でも悲惨さ。それでも戦争が終わったのはせめてもの慰めだ。招集されなくなっただけましさ。（寝台に寝ていたユスプが起き上がって、聞き耳を立てる）これでもう二週間、いい天気がつづいてくれればな。うちのナシは今年、まったく実をつけなかった。

姑　（菓子をすすめる）お菓子はどうだい。たんとお上がりよ。まだあるから。

（姑は空になった盆をもって寝室に戻ると、病人には目もくれず、床に置いた菓子でいっぱいの盆に身をかがめる。そのとき病人がかすれた声で話しはじめる）

ユスプ　連中にいったいどんだけ菓子を食わせるつもりだ？　うちには掃いて捨てるほど金があるのか？

（姑はさっと振り返り、病人を茫然と見つめる。病人は蚊帳から出てくる）

最初の女　（隣の部屋でグルーシェに優しく）あんたのうちでも、誰か戦場に行ってるの？

さっきと同じ男　それならいい知らせじゃないか。帰ってくるんだから。

ユスプ　そんなにじろじろ見るなよ。おふくろが俺にあてがった女はどこだ？

　戦争が終わったって言ってたな？

（返事がないので、ユスプは寝台から下りて、寝間着のままふらふらと母親のそばを通り、隣の部屋に出ていく。母親は盆を持ってふるえながらあとにつづく）

客たち　（ユスプを見て悲鳴をあげる）こりゃ、たまげた！　ユスプだ！（全員、驚いて総立ちになる。女たちは玄関に殺到。膝をついていたグルーシェは首をまわして、ユスプを見つめる）

ユスプ　通夜の食事にありつこうったって、そうはさせない。俺に殴られたくなけりゃ、とっとと出ていきやがれ。

（客たち、あわてて出ていく）

ユスプ　（グルーシェに向かってドスの利いた声で）あてがはずれたな。（グルーシェが何もいわないので、向きを変え、母親が持っている盆からトウモロコシの菓子をひとつとる）

歌手

なんたることか　夫は意気軒昂！
昼間は子どもの世話　夜は夫の世話
恋しい人は日夜歩きつづけ
夫婦は見つめあう　部屋は狭い

（ユスプは裸になって木製の深い風呂桶に入っている。母親がポットの湯を足している。寝室では、わらの敷物を遊びのつもりでいじるミヘルのそばにグルーシェがしゃがんでいる）

ユスプ　これはお袋の仕事じゃねえ。女房の仕事だ。あいつはどこだ？

姑　（叫ぶ）グルーシェ！　あたしの倅が呼んでるよ。

グルーシェ　（ミヘルに）ここにまだ穴がふたつあいてるわよ。
ユスプ　（グルーシェが入ってくると）背中をこすれ！
グルーシェ　自分でできないの？
ユスプ　「自分でできないの」だと？　ブラシをとれ、このアマ！　てめえは俺の女房か、それとも赤の他人か？（姑に）ぬるすぎる！
姑　すぐお湯を足すよ。
グルーシェ　わたしがします。
ユスプ　てめえはここにいろ！（姑、走る）しっかりこすれ！　何やってんだ。男の裸なんて、はじめてじゃないだろう。てめえの子どもは空気から生まれてきたわけじゃあるまい。
グルーシェ　あなたが思っているようなことでできた子じゃありません。
ユスプ　（にやにやしながらグルーシェを見る）そうは見えねえがな。（グルーシェはこするのをやめて、あとずさる。姑が入ってくる）なんて味も素っ気もない女を連れてきたんだ。
姑　ふたりとも、仲よくおし。
ユスプ　湯をかけてくれ。だがそっとだぞ。あちち！　そっとだと言ったろうが。（グルーシェに）どうせ町で何かあってこんなところに流れ着いたんだろう？　だがとやかくいわねえ。てめえが連れてきた私生児（ててなしご）のことだって文句はいわねえ。だけどおまえの態度には、堪忍袋の緒が切れそうだ。こんなの不自然だろう。（姑に）もっとかけてくれ！（グルーシェに）てめえの兵隊さんが帰ってきても、てめえはもう結婚してんだからな。

グルーシェ　ええ、そうね。
ユスプ　だけど、てめえの兵隊さんは帰っちゃこないさ。あてにするだけ無駄だ。
グルーシェ　ええ、そうね。
ユスプ　まったくひでえもんだ。てめえは俺の女房であって、女房じゃねえ。てめえは寝ていても、寝ていないのと同じ。誰もいっしょに寝させない。俺が朝から畑に出ても、てめえは死ぬほど疲れてるとぬかしやがる。夜中に床についても、俺はちっとも眠れやしねえ。神様がてめえを女にしたのに、なんで女の道具を使わねえんだ？　うちの畑の上がりじゃ、女を買うなんて無理な相談だ。行くのも大変だしな。女房ってのは畑で草むしりをして、股をひらくって、相場は決まってるんだ。うちの暦にだって、そう書いてある。聞いてんのか？
グルーシェ　ええ。（小声で）あなたをペテンにかけるつもりはないわ。
ユスプ　いいや、かけてる！　おい、もっとかけろ！（姑が湯をかける）あちち！
歌手
　小川でリネンを洗う
　川面に映る　あの人
　流れゆく月日　面影もかすむ
　腰上げて　リネンをしぼろう
　カエデのざわめき　あの人の声
　流れゆく月日　その声もかすか

なんど言い訳をして　ため息をついただろう
どれだけ涙を流し　汗をかいただろう
流れゆく月日と共に　子どもは育つ

（グルーシェは小川のほとりにしゃがんで、リネンを洗濯している。すこし離れたところに子どもが数人立っている。グルーシェはミヘルに話しかける）

グルーシェ　あの子たちと遊んできていいわよ、ミヘル。でも一番小さいからって、言いなりになってはだめ。

（ミヘルはうなずいて、他の子どもたちのところへ行く。遊びがはじまる）

一番大きな少年　今日は首切りごっこをするぞ。（太った子に）おまえは豪族な。笑え。（ミヘルに）おまえは太守。（少女に）おまえは太守夫人。首を切られるときは泣くんだからな。それじゃ、おいらが首を切る。（木で作った剣を指差す）これで切る。まず太守を中庭に連れだせ。豪族が先頭、太守夫人は最後だ。

（行列ができる。太った子が先頭で笑う。ミヘル、一番大きな子、泣いている少女の順）

ミヘル　（立ち止まる）ぼくも首を切る。

一番大きな少年　それはおいらの役だ。おまえは一番ちびだ。太守が一番簡単な役だからな。ひざまずいて首を切られる。簡単だろう。

ミヘル　ぼくも剣が欲しい。

一番大きな少年　これはおいらのだ。（ミヘルを蹴飛ばす）

少女　（グルーシェに向かって）この子、いっしょに遊ばない。

グルーシェ　（笑う）血は争えないわね。

一番大きな少年　笑えるなら、豪族にしてやってもいい。

（ミヘルは首を横に振る）

太った少年　笑うのは、おいらが一番うまいさ。おいらにも、首を切らせてよ。その次がおまえ、そしたらまたおいら。

（一番大きな少年はしぶしぶミヘルに剣を渡してひざまずく。太った少年は膝を叩いて大笑いする。少女は大声で泣いてみせる。ミヘルは大きな剣を振って首を切るが、自分もひっくり返ってしまう）

一番大きな少年　いてて！　おいらが手本を見せてやる！

（ミヘルは逃げだし、子どもたちが追う。グルーシェはそれを見て笑う。振り返ると、兵士シモン・チャチャヴァが小川の向こう側に佇んでいる。彼はすり切れた軍服を着ている）

グルーシェ　シモン！

シモン　グルーシェ・ヴァフナゼか？

グルーシェ　シモン！

シモン　（型通りに）神の祝福と健康を。

グルーシェ　（うれしそうに立って、深々とお辞儀する）兵隊さんにも神の祝福を。無事のご帰還おめでとう。

シモン　もっとうまい魚にありついたから、俺を食わなかった、とタラにいわれた。

グルーシェ　勇敢だから、と台所の見習い小僧は言った。運がいいから、と英雄は言った。

シモン　で、こっちはどうだった？　冬は耐えられたか？　近所は人がよかったか？

グルーシェ　冬はすこしきつかった。近所はどこも同じ。

シモン　ところで、どこかの人は今でも足を水につけて洗濯する癖が抜けないのかな？
グルーシェ　答えは「いいえ」よ。茂みに人目があるから。
シモン　俺は一介の兵卒だったが、今は経理係さ。
グルーシェ　月給二十ピアストルの？
シモン　官舎ももらえた。
グルーシェ　（目に涙を浮かべる）兵舎の裏のナツメの木の下にある。
シモン　そうさ。調べたようだな。
グルーシェ　ええ。
シモン　そして忘れなかった。（グルーシェは首を横に振る）それじゃ、あのときの約束どおりに？（グルーシェは黙って彼を見つめ、ふたたび首を横に振る）どうした？　何かまずいことがあるのか？
グルーシェ　シモン・チャチャヴァ、ヌーハに戻ることはできないわ。ちょっとあって。
シモン　何があった？
グルーシェ　わたし、重騎兵を殴り倒しちゃったの。
シモン　グルーシェ・ヴァフナゼには、それなりの事情があったんだろう。
グルーシェ　シモン・チャチャヴァ、わたしはもうその名ではないの。
シモン　（間を置いて）意味がわからん。
グルーシェ　女が名を変えるのはいつ？　説明させて。わたしたちの仲は何も変わっていない。昔のまま。それは信じて。

シモン　俺たちの仲は何も変わっていないと言ったって、変わったんだろう？

グルーシェ　どう説明したらいいの。すぐには難しいし、川をはさんでちゃ。橋を渡ってこない？

シモン　その必要はなさそうだ。

グルーシェ　大ありよ。こっちへ来て、シモン。早く！

シモン　来るのが遅すぎたと言うのか？

（グルーシェは絶望し、泣き濡らした顔で彼を見る。シモンは遠くを見つめてから、木切れを拾って、何か彫りつける）

歌手

かくも多くを語り　かくも多くを黙す
兵士はいずこより帰りしか黙して語らず
語られずに終わった兵士の思いを聞くがよい
戦いは夜明けにはじまり　昼にはどこも血だらけ
俺の前でひとり死に　二人目はすぐ後ろ　三人目は隣の奴
一人目を踏み越え　二人目を置き去りにし　三人目は隊長の手にかかる
戦友のひとりは刃物の餌食　もうひとりは煙に巻かれて窒息死
うなじでは火花が散るのに　手袋はめた手も　靴下はいた足も　凍りつく
木の芽を食らい　樹液をすすり　石の上　水の中　ところかまわず眠ったものさ

シモン　草むらに帽子が見える。もう子どもまでいるのか？

グルーシェ　子どもはいるわ、シモン。隠しはしない。でも心配はいらない。わたしの子ではないから。
シモン　ひとたび風が吹けば、あちこちですきま風が吹きこむと言うじゃないか。奥さんはもう何もいわなくていい。
（グルーシェはうなだれて、言うのをやめる）
歌手
焦がれる思いはあれど　待てなかった
誓いは破られ　そのわけは明かされずに終わる
語られずに終わった娘の思いを聞くがよい
兵隊さん　あなたが血なまぐさい戦場で
辛い戦いをしていた頃
わたしは　寄る辺ない子どもに出会った
見捨てれば　死んでいたでしょう
わたしはその子の面倒を見た
地面に落ちているパンくずを見つければ拾い
赤の他人のその子のために
身を粉にした
誰かが救うしかないでしょう
小さな木には　水がいる

牧童が眠れば　子牛は道に迷う
いくら鳴けども　聞く者いない

シモン　おまえにやった十字架を返してもらおう。さもなくば、そこの小川に投げ捨ててくれ。（背を向けて歩きだす）

グルーシェ　（立ち上がる）シモン・チャチャヴァ、行かないで。わたしの子ではない。わたしの子ではないのよ！（子どもたちのさわぐ声）どうしたの、子どもたち？

声　兵隊が来た！ミヘルを連れていく！（グルーシェは茫然として立ち尽くす。ふたりの重騎兵がミヘルを連れて、彼女のところへやってくる）

重騎兵　グルーシェか？（グルーシェ、うなずく）おまえの子か？

グルーシェ　はい。（シモン、立ち去る）シモン！

重騎兵　裁判所の命令だ。おまえが育てているこの子を町に連れていく。太守ゲオルギ・アバシュヴィリ様とナテラ・アバシュヴィリ様のご子息ミヘル・アバシュヴィリ様である疑いがあるからだ。このとおり公印が押された書類がある。（子どもを連れていく）

グルーシェ　（叫びながら追いかける）やめて。わたしの子よ！

歌手
だいじな子を連れ去る重騎兵　危険な町へ赴く幸薄き女
子どもを返せと迫る生みの母　裁きの場に立つ育ての母
誰がこれを裁くのか　子どもは誰のものになる

裁判官殿は　神か仏か　鬼か蛇か
町は燃え落ち　裁判官の座にあるはアズダク

4 裁判官の浮世話

歌手

それでは聞かせてしんぜよう　裁判官殿の浮世話
裁判官となった顛末　裁きの手際　その所業やいかに
大きな反乱が起きた復活祭の日曜日　大公は足をすくわれ
太守のアバシュヴィリ　われらがお子の父君　首をはねられた
村の書記官アズダク　森で難民見つけ　自分の小屋にかくまった

（ボロをまといほろ酔い加減のアズダク、物乞いに身をやつした老人を自分の小屋に入れる）

アズダク　ずいぶん鼻息が荒いな、馬でもないのに。四月に鼻水たらして走りまわったら、警察に目をつけられるだろうに。ちょっと、そこに立ってろ。（そのまま歩いて小屋の壁を突き抜けそうな老人を押さえる）そこにすわれ。食い物をやるから。チーズがひと切れある。（ボロ布をかぶせた箱からチーズをだす。老人はむさぼり食う）長いことなんも食ってなかったのか？（老人はうなる）あんなに走るなんて、馬鹿だな。警官に目をつけられちゃいないのに。

難民　ああせざるをえなかったのだ。

アズダク　怖かったのか？（老人はけげんそうに彼を凝視する）びくびくおどおどしてたってわけか。そうむしゃむしゃ食うな。大公や豚じゃあるまいし！　耳障りだ。神様の思し召しで高貴な生まれだってなら我慢もするがな。おまえはだめだ。上級裁判所の裁判官なら、バザールで食事をして公然と屁をこいてもいい。おまえが食ってるところを見てて、とんでもない考えが浮かんできた。なんで何もいわないんだ？（鋭く）手を見せろ！　聞こえないのか？　手を見せろと言ってんだよ。（老人はおずおずと片手をだす）まっ白だ。おまえ、物乞いじゃないな！　偽者か。嘘をついてるな！　なのに、おまえをまっとうな人間扱いしてかくまった。地主なら、なんで走ったりした。嘘をついてもだめだ。罪の意識が顔に出ているぜ！（立ち上がる）うせろ！（老人はおどおどしながら彼を見る）何をぐずぐずしてる。農民を殴っていたくせに。

難民　追われておるのだ。よく聞け。提案がある。

アズダク　何が望みだ。提案？　恥を知れ！　提案があるときた！　噛まれた方が指から血を流すほどかきむしってるってのに、血を吸うヒルの方から提案があるとはな。うせろと言ってんだ！

難民　立場や信念はよくわかっておる。ひと晩泊めてくれたら十万ピアストル払うぞ。

アズダク　はあ、俺が金で買えると思ってんのか？　十万ピアストル？　粗末な農地しか買えんぞ。十五万だせ。金はどこだ？

難民　手元にはない。あとで送金する。疑うな。

アズダク　大いに疑うね。出ていけ！

（老人は立ち上がって、戸口へ行く。外で声がする）

声　アズダク！

（老人は引き返し、部屋の奥へ走っていき、立ち止まる）

アズダク　（叫ぶ）立て込み中だ。（戸口に立つ）何をかぎまわってるんだ、シャウヴァ？

警官シャウヴァ　（外から非難がましく）またウサギを獲っただろう、アズダク。二度としないと言ったくせに。

アズダク　（鋭く）自分のわからないことに口出しするな、シャウヴァ。ウサギは害獣だ。草を食い散らかす。とくにいわゆる雑草をな。だから退治せねばならん。

シャウヴァ　アズダク、そう怒るな。対処しないと、クビになる。おまえさんがいい奴だってことは知ってるさ。

アズダク　いい奴なんかじゃない。知性ある人間だとなんど言ったらわかるんだ？

シャウヴァ　（ずる賢く）わかってるさ、アズダク。頭が切れるんだよな。そこでキリスト教徒で、学のない俺はおまえさんに訊きたい。豪族の土地からウサギが盗まれたら、警官である俺は密猟者をどうしたらいい？

アズダク　シャウヴァ、シャウヴァ、恥を知れ！　おまえはここに来て質問をする。質問ほどそそるものはない。たとえばおまえが女だったとする。そうさな。あの性悪なヌノヴナだとしよう。そのヌノヴナが俺に股をおっぴろげて、股がうずくんだけど、どうしようって質問をする。女のすることに罪はないと言えるか？　言えないよな。俺はウサギを捕まえ、おまえは人間を捕まえる。人間は神の似姿だが、ウサギはそうじゃない。それはわかるな。俺はウサギを食うが、おまえは人間を食うのか。罰当たりめ。シャウヴァ、家に帰って、悔い改めろ。いや、待て。おまえに頼みがある。（ぶるぶるふるえて立っている老人を見る）いや、いいや。なんでもない。家に帰って、悔い改めるんだな。（警官の鼻先で扉をしめる。難民に）びっくりしたか？　おまえを引き渡さなかったからな。だが、あの警察の犬には南京虫一匹だってやりたくない。警官なんかに怯えるな。年を食っているうえに臆病だ。さっさとチーズを食え。だけど貧乏人らしくな。さもないと、捕まるぞ。なんだよ、貧乏人の食い方まで教えないといけないのか？（老人をむりやりすわらせると、またチーズを持たせる）この箱が食卓だ。食卓に肘をつく。それから皿のチーズを腕で囲む。いつひったくられるかわからないというようにな。安心なんかするな。次にナイフを小ぶりの鎌みたいに持つ。チーズを見て、そんなにがつがつするな。すてきなものがすぐになくなってしまうことを思って悲しむふりをするんだ。（老人を見つめる）追われる身だってことは、おまえ、それなりの身分だろう。ただ、おまえの正体が見破られるかどうか、俺にはわからん。このあいだトビリシで地主が首を吊られた。トルコ人だった。普通は小作人から出来高の半分をいただくのが相場だが、そいつは四分の三も巻き上げられることを証明した。そして税金もいつもの倍も搾りとった。仕事熱心なのはまちがいなかった。それなのに罪人みたいに絞首刑。トルコ人だったからさ。それって奴にはどうにもできないことだ。理不尽だよな。そいつは動乱の巻き添えで絞首台行きになった。要するに、おまえは信用ならない。

歌手

アズダク　年老いた物乞いにねぐらを与えた

大公その人とわかると

アズダク　おのれを恥じてほぞを噛み

警官にヌーハへ連行させて　裁きの場に立つ

（裁判所の中庭では重騎兵が三人しゃがんで酒を飲んでいる。ローブを着た裁判官が柱に吊されている。縛られたアズダクがシャウヴァを引きずるようにして入ってくる）

アズダク　（声高に）俺は大泥棒で人殺しの大公が逃げる手助けをしちまった！　ここはどうか正義の名の下に、公開裁判で厳しい判決を言い渡してくれ！

重騎兵1　あの変な奴はなんだ？

シャウヴァ　書記官のアズダクです。

アズダク　俺は見下げはてた男、裏切り者、札付きだ！　報告しろ、そこの扁平足。俺を鎖につないで、都に連行しろと言ってんだ。俺はうかつにも、大公なるいかさま師をうちに泊めてしまった。見ろ、札付きが自分を訴えてるんだ！　報告しろ。俺はすべてをはっきりさせるために、こいつに言って夜の半分を使ってここへ連れてこさせた。

シャウヴァ　脅すにもほどがあるぞ。まったくひどいもんだ、アズダク。

アズダク　うるさいぞ、シャウヴァ。おまえにはわからないことだ。新しい時代が怒濤の勢いでやって来た。おまえはもうおしまい。警官なんてお払い箱。何もかも取り調べられて明らかになる。だから自分から名乗り出た方がいい。なぜなら民衆から逃れる術はないからだ。報告しろ。俺は靴屋横丁を叫んで歩いた。（重騎兵の方をうかがいながら大げさな身振りでやってみせる）「俺は知らずにいかさま師を逃がしてしまった。兄弟、俺を八つ裂きにしてくれ！」これで先回りしたって寸法さ。

重騎兵1　で、返事は？
シャウヴァ　肉屋横丁じゃなぐさめられ、靴屋横丁じゃ笑われた。それでおしまい。
アズダク　だけど、あんたらは違う。あんたらは鉄の心の持ち主だ。兄弟、裁判官殿はいずこに？　取り調べてほしいんだ。
重騎兵1　（吊された男を指差す）裁判官はそこにいるぜ。それから俺たちを兄弟なんて呼ぶな。今晩は虫の居所が悪い。
アズダク　裁判官はそこにいる？　それが返事かね。グルジアでは、はじめて聞く答えだ。町の衆、太守閣下はいずこかな？（地面を指差す）ここだよ、よそ者。では税務長官はいずこかな？　徴兵官は？　総主教は？　警察長官は？　ここ、ここ、ここ、みんなここだ。兄弟、あんたたちから聞きたかった答えはこれさ。
重騎兵2　待った！　何を期待していただと？
アズダク　ペルシアで起きたことさ、兄弟。ペルシアで起きたこと。
重騎兵2　ペルシアで何があったってんだ？
アズダク　四十年前。みんな、縛り首になった。大臣、税金徴収人。俺のじいさんは偏屈だったが、それを見てきた。三日かけて、あちこちで。
重騎兵2　大臣が吊されたときは、誰が国を治めていたんだ？
アズダク　農民さ。
重騎兵2　じゃあ、軍隊を指揮していたのは？

アズダク　兵士だよ、兵士。
重騎兵2　給料を払っていたのは誰だったんだ?
アズダク　染物師だよ。染物師が払ってた。
重騎兵2　絨毯の織り子じゃなかったのか?
重騎兵1　どうしてそんなことになったんだ、このペルシア野郎?
アズダク　どうしてそんなことになったか?　特別な理由がいるかい?　体をかくのに理由がいるかね、兄弟?　戦争だよ、戦争が長引いたせいさ!　おまけに理不尽だった!　俺のじいさんが向こうで歌を覚えてきた。俺と友だちの警官で歌ってしんぜよう。(シャウヴァに)縄をしっかり持ってろよ。ちょうど歌に合う。(シャウヴァに縄をつかまれて歌う)

息子らが血を流さぬはなにゆえぞ　娘らが涙流さぬはなにゆえぞ?
子牛だけがいまなお血を流す　そはなにゆえ?
オルーミーイェ湖のヤナギは夜明けに涙を流す　そはなにゆえ?
大王様が新たな領地を求めるとき　農民は実入を差しだす
世界の屋根を征服するには　掘っ立て小屋の屋根をひっぺがす
男どもが四方に散るのは　お偉方が酒池肉林するがため
兵隊は殺し合い　将軍たちは挨拶し合う
やもめが収めた税金　偽金だらけ　剣はなまくら　すぐ折れる
戦に負けても　兜のお代は払わにゃならぬ

だろう？　だろう？

シャウヴァ　ああ、ああ、たしかにそうだ。

アズダク　最後まで聞くかい？

（重騎兵1、うなずく）

重騎兵2　（警官に）こいつから今の歌を教わったのか？

シャウヴァ　そうさ。だけど俺の声はよくない。

重騎兵2　たしかに。（アズダクに）つづけろ。

アズダク　二番は平和を歌っている。

（歌う）

役職　増えるばかりで　役人　路上にあふれ

川の水は岸を越え　畑に氾濫

ズボンも脱げない奴が　国を治めるとは

四つ数えるのもままならぬのに　食事は八コース

農民　買い手を捜せど　いるのは食い詰めた者ばかり

機織り職人　着の身着のまま　ボロまとう

だろう？　だろう？

シャウヴァ　ああ、ああ、たしかにそうだ。

アズダク

息子らが血を流さぬはそれゆえ　娘らが涙流さぬはそれゆえ
子牛だけがいまなお血を流すのも　それゆえのこと
オルーミーイェ湖のヤナギが夜明けに涙を流すのも　それゆえのこと

重騎兵1　（間を置いて）その歌を町で歌う気か？

アズダク　いけないかい？

重騎兵1　あっちが赤いのが見えるか？（アズダク、振り返る。火事で空が赤い）あれは下町だ。絨毯の織り子どもがその「ペルシア病」にかかって、豪族のカズベク様がたらふく食べていることに疑問を呈したんだ。そして今日の昼、奴らはこの町の裁判官を吊し首にしちまった。だけど俺たちがこてんぱんにのしてやった。織り子ひとりあたり百ピアストルの褒美。わかるか？

アズダク　（間を置いてから）そういうことですか。（彼らをおずおず見つめ、脇にのいて地面にしゃがみ、両手で顔をおおう）

重騎兵1　（全員が酒を飲み終えてから重騎兵3に）さあ、これからやることをよく見てろよ。（重騎兵1と重騎兵2がアズダクのところへ行き、退路を断つ）

シャウヴァ　旦那方、こいつはそんなに悪い奴じゃありません。ニワトリとかウサギを盗むくらいのものでして。

重騎兵2　（アズダクに歩み寄る）ここへ来たのは、漁夫の利を狙ったな？

アズダク　（彼を見上げる）滅相もありません。

重騎兵2　絨毯の織り子と結託してるんじゃないのか？（アズダク、首を振る）じゃあ、今の歌はなんだ？

アズダク　じいさんから教わったんです。無学な男でした。
重騎兵2　そうか。じゃあ、染物師の件はどうなんだ？
アズダク　あれはペルシアの話です。
重騎兵1　だが、おまえは大公を自分の手で縛り首にしなかったと自首したんだよな？
アズダク　大公を逃がしてしまったと申し上げただけでして。
シャウヴァ　そのとおりです。大公を逃がしてしまったんです。

（重騎兵たち、わめくアズダクを絞首台へ引っぱっていく。それから放して、腹を抱えて笑う。アズダクも笑いの輪に加わる。誰よりも大きな笑い声。彼は縛めを解かれ、全員で酒を飲みだす。太鼓腹の豪族カズベクが若者を連れて登場）

重騎兵1　（アズダクに）ほら、おまえの新時代ってのがやって来た。（新たに爆笑）
太鼓腹の豪族　者ども、何を笑っておるのだ？　よく聞け。グルジアの豪族連合が昨日の朝、戦争好きの大公の政権を打倒し、太守たちを排除した。大公にはまんまと逃げられたがな。この非常時に、不満分子の集まりである絨毯の織り子どもが暴動を起こし、みなから敬愛されていたこの町の裁判官イロ・オルベリアーニを吊し首にしてしまった。ちっ、ちっ、ちっ。者ども、今必要なのは平和だ。グルジアの平和。そして正義！　ここに連れてきたのは、我が甥のビゼルガン・カズベクだ。才能ある者で、新しい裁判官に適任だ。もちろん、民衆の賛同しだいだが。
重騎兵1　ということは、我々で裁判官を選べるということですか？
太鼓腹の豪族　そういうことだ。民衆が才能ある者を登用する。諸君、話し合いたまえ。（重騎兵たち、顔を寄せ合う。甥に）安心しろ。裁判官はおまえだ。大公さえ捕まえていれば、こいつらのご機嫌とりをする必要などないのに。

重騎兵たち　（自分たちだけで）大公がまだ捕まらないから焦ってるんだ。あの書記官が逃がしたせいだ。不安だから「諸君」とか「民衆の賛同しだい」とか言ってるんだ。おまけにグルジアの正義だとさ。ふざけた真似しやがって。お返ししてやろうぜ。あの村の書記官に訊こう。あいつなら正義のなんたるかを知っている。おい、そこの、おまえはあの甥っ子を裁判官に望むか？

アズダク　俺のこと？

重騎兵１　（つづける）おまえはあの甥っ子を裁判官に望むか？

アズダク　俺に訊いてるのか？　俺に訊くことはないだろう。

重騎兵２　なぜだ？　どうせ茶番だ！

アズダク　なるほど、あいつを徹底的に試そうってんだな。そうだろう？　罪人が捕まっていないかい？
そいつで候補者の力を見せてもらえばいい。

重騎兵３　見てみよう。太守の御典医がふたり地下の牢屋にいる。あいつらがいい。

アズダク　待った。そいつはだめだ。任命されるか決まっていない者に本当の罪人を裁かせるのはまずい。どんなトンマだろうと、正式に任命されている必要がある。さもないと示しがつかない。法律ってのはとってもデリケートなものなんだ。拳骨を一発食らった脾臓と同じで、すぐさまあの世行きだ。あんたらがそのふたりを吊し首にしても、法律に傷がつくことはない。そこに裁判官がいなかったわけだからな。法の裁きはいつも正直でなくちゃ。馬鹿がつくくらいにな。たとえば子どものためにトウモロコシパンを盗んだ女を裁こうってときに、裁判官がローブを羽織らないで、体を三分の一以上むきだしにして、股ぐらをかいたら、とんでもないことだ。法の裁きに傷がつく。裁判官本人よりもローブと帽子の方が大事だ。気をつけないと、法律はすぐだめになる。ワインを味見するのに、犬に飲ませちゃだめだろう。ワインがだいなしだ。

重騎兵1　くどいことを言いやがって、いったいどうしろってんだ？

アズダク　俺が被告人になる。それもどういう被告人になるかも決めた。（耳打ちする）

重騎兵1　おまえが？（みんな、大笑いする）

太鼓腹の豪族　どうするのだ？

重騎兵1　試験をすることにしました。ここにいる友人が被告人に扮します。候補者には裁判官の席にすわっていただきます。

太鼓腹の豪族　異例だが、まあいいだろう。（甥に）形だけのことだ。そちはじっくり構える方か、てきぱきやる方か、どっちだ？

甥　相手に調子を合わせるのが得意です、おじさま。（甥は椅子にすわる。豪族はその後ろに立つ。重騎兵たちは階段にすわる。大公然とした歩き方でアズダクが登場）

アズダク　余を知る者はおるか？　余は大公であるぞよ。

太鼓腹の豪族　誰だと？

重騎兵2　大公です。あの者は大公を知っていますので。

太鼓腹の豪族　よかろう。

重騎兵1　裁判のはじまり、はじまり。

アズダク　さて、余は戦争を起こした罪に問われておる。片腹痛い。よいか、片腹痛い。これで充分かな？　充分でないなら、弁護士に任せる。五百人はおるかな。（たくさんの弁護士に囲まれているかのように背後を指差す）弁護士が全員すわれるだけの椅子がいるな。（重騎兵たちは笑う。豪族もいっしょに笑う）

甥　（重騎兵たちに）これをわたしに裁けと？　少々風変わりと言わざるをえませんな。趣味が悪い。

重騎兵1　やってくれ。

太鼓腹の豪族　（微笑みながら）しっかり判決をくだすのだ。

甥　いいでしょう。グルジアの民衆対大公。被告人に申し立てることはあるかね？

アズダク　むろんだ。戦争に負けたのは承知しておる。だが余はそなたのおじカズベクをはじめとする愛国者におだてられて宣戦布告した。おじのカズベクを証人として召喚する。（重騎兵たち、笑う）

太鼓腹の豪族　（重騎兵たちに愛想よく）なかなかの役者ではないか？

甥　申請は却下する。宣戦布告が訴えられているのではない。支配者なら誰でもすることだ。問題は戦争遂行に落ち度があったことだ。

アズダク　馬鹿げている。余は指揮などとっておらぬ。指揮させただけだ。豪族どもにな。戦争をめちゃくちゃにしたのは豪族どもだ。

甥　最高司令官であったことを否定するのか？

アズダク　否定はしない。余はつねに最高司令官であった。生まれてすぐ乳母を振りまわしたし、教えられたのは便所で糞をたれることくらい。命令するのが余の日常。国庫から金をくすねろと役人に命じたのは余だ。将校が兵卒を折檻するのも、余の命令ゆえ。地主が農民の女房を寝取るのも、余の厳命による。ここにおるおじのカズベクが太鼓腹なのも、余が命じたからだ。

重騎兵たち　（手を叩く）こりゃいい。大公万歳！

太鼓腹の豪族　言い返してやれ！　わしがついておる。

甥　答えよう。法廷の尊厳にふさわしく。被告人、法廷の尊厳には留意したまえ。

アズダク　よかろう。尋問をつづけるよう命じる。

甥　命令など受けないぞ。それで、豪族にむりやり宣戦布告をさせられたと言うのだな。ならば豪族が戦争をむちゃくちゃにしたと主張するのはおかしいではないか？

アズダク　兵を充分に送らず、軍資金を着服し、拠出したのは病気の馬だらけ、いざ攻撃の段になれば、売春宿で飲んだくれる体たらく。おじのカズベクを証人として召喚する。

（重騎兵たち、笑う）

甥　この国の豪族たちが戦わなかったと言うのか。とんでもない主張だ。

アズダク　そうは言わない。豪族たちも戦った。軍需物資供給の契約を争ってとり合った。

太鼓腹の豪族　（勢いよく立ち上がる）けしからん。絨毯の織り子と同じことを言いおって。

アズダク　まことか？　余は真実しか申しておらぬぞ！

太鼓腹の豪族　縛り首だ！　縛り首！

重騎兵1　お静かに。つづけろ、陛下。

甥　静粛に！　これより判決を言い渡す。絞首刑に処す。戦争に負けたからだ。

太鼓腹の豪族　（ヒステリックに）縛り首！　縛り首！　縛り首！
アズダク　若いの、公衆の面前で紋切り型の言葉はいかんぞ。狼のごとく吠える輩は、番犬になれない。わかったか？
太鼓腹の豪族　縛り首！
アズダク　豪族どもが大公と同じことを口にしていると知れば、民衆は大公といっしょに豪族も吊し首にするだろう。なお判決は無効だ。理由。たしかに戦争には負けたが、豪族は負けていない。豪族は自分の戦争に勝った。拠出するはずの馬を軍に買いとらせ、三百八十六万三千ピアストルを手に入れたからだ。
太鼓腹の豪族　縛り首！
アズダク　兵士の給料八百二十四万ピアストルも工面しなかった。
太鼓腹の豪族　縛り首！
アズダク　だから勝者といえる。負けたのはグルジアだけ。なのにこの法廷にグルジアはいない。
太鼓腹の豪族　諸君、もういいだろう。（アズダクに）きさまはさがれ、このろくでなしめ。（重騎兵たちに）さて、諸君、これで新しい裁判官を認めてくれるな。
重騎兵1　はい、認めます。ローブを下ろせ。（ひとりがもうひとりの背中に乗って、吊された裁判官のローブを脱がす）さて（甥に）おまえはどけ。本当の椅子には本当のけつでないと。（アズダクに）前に出て、裁判官の椅子にすわれ。（アズダクは椅子のところへ行き、一礼して腰を下ろす）裁判官ってのはいつだって人間のくずだった。だから人間のくずに裁判官になってもらおうじゃないか。（アズダクにローブをかけ、酒瓶を入れていた籠を頭にかぶせる）見ろよ、たいした裁判官様だ！

歌手　かくして国は乱れ　支配者は右往左往
かくしてアズダク　重騎兵の手で裁判官に
かくしてアズダク　二年のあいだ裁判官
（歌手は楽士たちといっしょに）
町はどこも大火事　血に染まる
地の底から這いだす蜘蛛とゴキブリ
城門守るは肉屋
祭壇には神をないがしろにする者が立ち
ローブを羽織ってすわるはアズダク

（裁判官の椅子にアズダクがリンゴの皮をむきながらすわっている。シャウヴァは箒で集会所をはいている。一方の側に車椅子にすわった半身不随の患者、訴えられた医者、ボロを着たあしなえ。もう一方の側に恐喝のかどで起訴された若者。重騎兵がひとり隊旗を持って警護する）

アズダク　案件が立て込んでいるので、今日はふたつの案件を同時に裁く。はじめるにあたって、ひと言。では先立つものを。（手をだす。恐喝犯だけ、金をだして渡す）こちらの者らは気が利かないから罰するところだが（半身不随に目を向ける）まあ、目をつぶろう。（医者に）そちは医者だな。そしてそちは（半身不随に）医者を訴えている。そんな姿になったのは、その医者のせいか？

半身不随　そのとおりです。こいつのせいで卒中になったんです。

アズダク　職務怠慢ということか。
半身不随　そんなものじゃすみません。あっしはこいつに学費を用立ててやったんです。ところが一銭も返さず、無料で患者を診ていると聞いて、かっと頭に血が上って卒中になったんです。
アズダク　なるほど。（あしなえに）そちはここに何しにきた？
あしなえ　わたくしめは患者なのです、裁判官様。
アズダク　その者が足を治療したようだな？
あしなえ　でも足を間違えられたんです。リューマチにかかっていたのは左足だったのに、右足を手術され、そのせいでまともに歩けなくなりました。
アズダク　無料だったというのはその手術のことか？
半身不随　五百ピアストルかかる手術をただにしました！　一銭もとらなかったんです。「ありがとう」のひと言ですませました。でもわたくしめはこの者に学費を用立てたんです！（医者に）学校で手術を無料にしろなんて教わったのか？
医者　裁判官様、たしかに手術前に報酬をもらうのはふつうのことです。患者は手術のあとよりも金払いがいいですから、当たり前のことです。今回の手術でも、わたしはうちの職員がすでに報酬を受けとったものと思い込んでいたのです。とんだ勘違いでした。
半身不随　勘違い！　名医なら勘違いをするものか！　手術前に確認するものだ。
アズダク　そのとおり。（シャウヴァに）検事、もうひとつの案件はなんだね？
シャウヴァ　（せっせとはき掃除をしながら）恐喝です。

恐喝犯　裁判官様、おいらは無実です。原告の地主に、姪を手込めにしたのは本当かと問いただしただけなのです。地主は事実無根だと丁寧に説明して、金をくれました。その金でおいらのおじに音楽を学んでもらいました。

アズダク　ほほう！（医者に）ドクター、そちはこのように情に訴えられないのか？

医者　言えるのは、人間は過ちを犯すということだけです。

アズダク　そして名医というのは金にもうるさいことを知っているな？　突き指の治療で循環器の疾患を見つけて千ピアストルも儲けた医者がいると聞く。だがやぶ医者なら見落としただろう。それから胆嚢を丁寧に治療して患者を金づるにした医者の話もある。そちには弁解の余地なしだな。穀物問屋ウクスは商売の仕方を学ぶために息子に医学を学ばせた。医学校はそういうことに役立つ。（恐喝犯に）地主の名は？

シャウヴァ　名前はだしたくないそうだ。

アズダク　では判決を下す。恐喝は証明されたものとみなす。それから（半身不随に）そちには千ピアストルの罰金刑を科す。再度卒中に見舞われたら、医者は無料で治療ないしは手術をするものとする。（あしなえに）そちには慰謝料としてブランデーを一本与えるものとする。（恐喝犯に）そちは地主の名を口外しないことを条件に受けとった金の半額を検事に差しだすこと。それからそちは医者に向いてそうだから、医学を学ぶことをすすめる。そして医者よ、そちは許しがたい過ちを犯したがゆえに無罪とする。次！

歌手とその楽士たち

ああ　惜しみない好意は安からず

けだし　高ければいいわけでもない

法律も開けてみてからのお楽しみ
だから公正な裁きは
別の誰かに頼むもの
アズダクなら安上がり

（軍道沿いの隊商宿からアズダクが出てくる。長い髭をはやした老人である宿の主がつき従う。そのあとから使用人とシャウヴァが裁判官の椅子を引きずってくる。重騎兵がひとり隊旗を捧げ持つ）

アズダク　椅子はここに。ここなら風通しもいいし、レモンの林から香しいにおいが漂ってくる。屋外で裁判をするのもおつだな。風でロープがめくれ、中身がどんなかわかるのもいい。シャウヴァ、我々は食べ過ぎた。視察旅行とは骨の折れるものだな。（宿の主に）そちの嫁の件だったな？

宿の主　裁判官様、家族の名誉に関わることなのです。倅は山向こうに出張中ですので、わたしが代わりに訴えるものです。こやつが罪を犯した使用人で、こちらが哀れな嫁でございます。

（肉付きのいい嫁、登場。ヴェールをかけている）

アズダク　（すわる）頂戴する。（宿の主はため息をつきながら金を渡す）これで、形式的なことはすんだ。陵辱の件だったな？

宿の主　裁判官様、馬小屋の藁の中で、こやつがうちのルドヴィーカと横たわっているところを見つけたのです。

アズダク　なるほど、馬小屋か。いい馬が揃っていた。月毛の小馬がとくによかった。

宿の主　もちろん倅に代わってすぐルドヴィーカを叱りつけました。

アズダク　（真剣に）月毛が気に入ったと言っているんだが。
宿の主　（冷ややかに）そうでございますか？　ルドヴィーカは、使用人にむりやり襲われたと申したのです。
アズダク　ヴェールをとるのだ、ルドヴィーカ。（女はそうする）ルドヴィーカ、そちが気に入った。事の次第を申してみよ。
ルドヴィーカ　（覚えたとおりに）新しい子馬を見に馬小屋に入ると、不躾にも使用人が「今日は暑うございますな」と声をかけてきて、わたしの左胸に触ったのです。わたしは「やめて」といいました。けれども使用人はいやらしく触りつづけたので、怒りを覚えました。わたしが使用人の邪な目的に気づくよりも早く、あの者はわたしに迫ってきたのです。舅が入ってきて、うっかりわたしの足を踏んだときには、すべてが終わっていました。
宿の主　（説明する）ですから、倅の代わりを務めております。
アズダク　（使用人に）罪を認めるか？
使用人　はい。
アズダク　ルドヴィーカ、甘いものは好きかな？
ルドヴィーカ　はい、ヒマワリの種が。
アズダク　湯船に長くつかるのは好きかね？
ルドヴィーカ　三十分はつかります。
アズダク　検事、そちのナイフを地面に置きたまえ。（シャウヴァ、言われたとおりにする）ルドヴィーカ、そのナイフを拾うのだ。

（ルドヴィーカは腰を振りながらそこまで行き、ナイフを拾い上げる）

アズダク　（彼女を指差す）みなのもの、今のを見たか？　あの揺れ具合。罪深いのが何か判明したぞ。これこそ陵辱。食べ過ぎ、とくに甘いものに目がない。ぬるま湯に長くつかって柔肌になることで、そちはその哀れな男を陵辱したのだ。尻を振って歩けば法廷で通用すると思ったか？　危険な武器による意図した攻撃と言える。判決を言い渡す。舅が息子の代わりに乗りまわしていた月毛の小馬を法廷に引き渡すこと。そしてこれより、そちはわたしと共に馬小屋へ行き、事件現場の検分をするのだ、ルドヴィーカ。

（アズダクは重騎兵に裁判官の椅子を担がせ、グルジア軍道を巡回する。彼のあとから、シャウヴァが絞首台を引きずり、使用人が月毛の小馬を引く）

歌手とその楽士たち

お上が争い
下々　喜ぶ
徴用も搾取もなくなった
グルジアの街道すすむは
はりぼてのお大尽
貧乏人の味方　裁判官のアズダク
金持ちから大金ふんだくり

貧者に大盤振る舞い
涙の印章があの方の印
かしずき守るは　無頼の輩
酸いも甘いも嚙み分ける　裁判官様のお通りだ
グルジアの母とは　アズダクのこと

（小さな行列が遠ざかる）

来たれ　よき隣人の元へ
来たれ　研ぎ澄ました斧持ちて
神経に障る聖書　戯れ言　お断り！
使い古しの説教　無用の長物
見るがよい　奇跡を呼ぶのは斧の力
信じるがよい　アズダクの奇跡を

（裁判官の椅子が酒場に置いてある。三人の地主がアズダクの前に立ち、そこにシャウヴァが酒を運んでくる。部屋の隅には年配の農婦が立っている。開け放たれた戸口と戸外で村人が傍聴。重騎兵がひとり隊旗を持っている）

アズダク　検事に発言を許す。
シャウヴァ　乳牛を巡る告訴です。地主スールが所有する乳牛が五週間前から被告人の厩にいるという訴えです。被告人はまたハムを盗み、地主シュテフが小作料を請求した腹いせに、彼が所有する乳牛を数頭殺害した罪に問われています。

地主たち ハムは当方のものです、裁判官様。乳牛は当方のものです、裁判官様。畑は当方のものです、裁判官様。

アズダク 御母堂、いうことはあるかね？

年配の農婦 裁判官様、五週間前の明け方、うちの戸を叩く音がしまして、外に乳牛を連れたひげ面の男がこう言ったんでございますよ。「拙者は奇跡を起こす聖者サンゾクと申す者。汝の息子が戦死したので、その思い出にこの乳牛を連れてまいった。大事にするがよい」

地主たち 山賊のイラクリです、裁判官様！ その女の義弟です、裁判官様！ 家畜を盗むわ、放火をするわ！ あいつを打ち首にしてください！（外で女の悲鳴。群衆がざわつき、道をあける。大きな斧を持った山賊イラクリ登場）イラクリ！（一斉に十字を切る）

山賊 やあ、みんな、こんばんは！ ウォッカを一杯！

アズダク 検事、ウォッカを一杯、その客に。して、そちは何者だ？

山賊 放浪の隠者ってところさ、裁判官。いただきやす。（シャウヴァが持ってきたグラスを飲み干す）もう一杯。

アズダク アズダクである。（立ち上がって一礼する。山賊もお辞儀する）法廷は見知らぬ隠者を歓迎する。話をつづけるのだ、御母堂。

年配の農婦 裁判官様、最初の夜は、聖者サンゾク様が奇跡を起こせるとは知りませんでした。連れてきたのは乳牛一頭でしたので。数日して地主様の使用人が来まして、乳牛を連れていこうとしましたが、うちの前で回れ右をして、乳牛を連れずに帰っていったのです。使用人は頭にこぶし大のたんこぶを作っていました。聖者サンゾク様が使用人の心を入れ替えて、やさしい人にしてくれたのだと感じ入った次第です。

（山賊、大いに笑う）

地主１　どうしてそうなったかわかっています。

アズダク　そうかね。あとで聞く。つづけて！

年配の農婦　裁判官様、次に善人になったのは地主のシュテフさんです。誰もが知る悪魔ですが、聖者サンゾク様のおかげで小さな畑の小作料をまけてくれたのです。

地主２　乳牛を次から次へ刺し殺されたからだ。

（山賊、笑う）

年配の農婦　（アズダクに促されて）それからある朝、ハムが窓から投げ込まれたんです。腰骨にあたったものですから、いまでも腰がうまく動かなくて。ほれ、このとおり。（数歩歩く。山賊、笑う）ところで、裁判官様、貧乏人はいったいいつになったら奇跡が起きなくてもハムにありつけるんでしょうかね？（山賊、鳴咽する）

アズダク　（椅子から立つ）御母堂、それは法廷の胸に刺さる質問だ。どうかここにすわりたまえ。

（農婦は裁判官の椅子におずおずと腰かける。アズダクはワイングラスを手に地面にすわる）

御母堂　痛みを知るグルジアの母
戦争で息子を奪われ
拳で殴られようと　希望は潰えず

乳牛をもらえば　涙を流し
殴られなければ　奇跡と思う
御母堂　どうか寛大な裁きを！
（地主たちを怒鳴りつける）きさまらは奇跡を信じぬと白状しろ、この不届き者！　神を信じぬ罪でひとりあたり五百ピアストルの罰金刑に処す。出ていけ！
（地主たち、こそこそ出ていく）
さて、御母堂、（山賊に）そして敬虔なる男よ。検事、アズダクと共に酒を酌み交わそう。

歌手とその楽士たち

法律をパンのようにちぎったアズダク
正義のボロ船に民衆乗せて　岸めざす
卑しき者は　ついに出会えた
賄賂が効かぬ　裸一貫アズダク
偽の秤で訴えをはかる　七百二十日
げすな奴に　げすな判決
裁判官の椅子　絞首台のすぐ下
トンデモ判決　下すはあの方アズダク

歌手

やがて混乱の時代は終わり　大公様が帰還した

太守夫人も古巣に戻り　またも裁判ひらかれる
人が死に　下町は燃え　アズダクは恐怖の虜に

（アズダクの椅子がふたたび法廷に置かれる。アズダクは床にすわり、シャウヴァと話しながら靴をつくろう。外が騒がしい。塀の向こうに太鼓腹の豪族の首が槍に刺されて通っていく）

アズダク　シャウヴァ、おたくのお役所務めも、ぼちぼち終わりだな。もう秒読みだ。ずいぶん長いあいだ分別という鉄の轡をはめてきたから、おたくの口は裂けて血だらけだ。分別を無理強いして、論理で虐待した。おたくは本来、甲斐性なしだ。論拠というエサをばらまけば、我慢できなくなってすぐにがっつく。おたくは生まれつきお上の手をなめずにいられない。しかしお上にもいろいろあろうってもの。おたくが解放されるのももうじきだ。これからは思うとおりにやることだ。もっとも志は低いだろうがな。それと紛う方ない直感も大事にするとよい。自分の面の皮が分厚いってわかるはずだ。なぜなら混乱の時代が終わりを告げるからだ。俺が混沌の歌で歌ったあれさ。あの素晴らしい時代をしのんで一丁歌おうじゃないか。すわれ。それから調子をはずすなよ。心配無用。聞かせる歌だ。リフレインがまたいかしてる。（歌う）

姉妹よ　顔を隠せ　兄弟よ　剣をとれ　時代のたががはずれた
上の者は嘆き悲しみ　下の者は浮かれ騒ぐ
町の者はいう　権力者をたたきだせ
役所を襲え　奴隷の名簿を焼き払え
貴族を石臼ですりつぶせ　日の目を見ぬ者を解放せよ

黒檀の献金箱を打ち壊せ　ヒマラヤスギを切って寝床を作れ
日々の糧に困る者が倉を持ち
穀物の配給に頼った者が施しをする
シャウヴァ　イェイ　イェイ　イェイイェイ
アズダク　将軍はいずこ？　どうかどうか事態の収拾を
良家の子息は見るも無惨　支配者の子が今は奴隷の子
顧問官が納屋をねぐらにし
戸外でしか眠れなかった者が　今は寝床で大の字
船の漕ぎ手が　今は船主
前の船主　漕ぎ手がいない
使用人が五人　主人の使いで旅に出て
帰ってこずに言ったとさ
自分で歩いてこい
シャウヴァ　イェイ　イェイ　イェイイェイ
アズダク　将軍はいずこ？　どうかどうか事態の収拾を！
そうとも、事態収拾がこれ以上遅れたら、俺たちも同じ憂き目にあっていたな。だがとんまな俺が救ってしまった大公が都にご帰還。秩序を回復するために、ペルシアが大公に軍隊を貸し与えたというから世の中わからない。早くも下町に火の手が上がった。いつも尻に敷いていたあの分厚い本をとってくれ。（シャウヴァは裁判官の椅子から本をとり、アズダクはその本をひらく）これは法令集だ。俺がいつもこれを使っていたことは、おまえも知ってのとおりだ。ちょいとこれをひもといた方がよさそうだ。今度は俺が罰を受ける番だからな。なにせ文無しをずいぶん目こぼしした。そのつけは高くつくはずだ。俺は足下がふらつく貧困を助け起こした。だから酔っ払った廉（かど）で俺は縛り首。俺は金持ちの懐に目をつけたが、あれはひどい判決だったといわれるだろう。俺に逃げ場はない。みんなを助けたから、俺を知らぬ者などいない。

シャウヴァ　誰か来る。

アズダク　（焦って立ち上がり、ふるえながら椅子の方へ歩いていく）万事休す。ここでつっぱる気などさらさらない。おたくにもこうやってひざまずいて頼む。どうかお慈悲を。行かないでくれ。いまさらおべっかを使ってもはじまるまい。俺は死ぬほど怖い。

（太守夫人ナテラ・アバシュヴィリ、副官と重騎兵を連れて登場）

太守夫人　こやつは何者だ、シャルヴァ？

アズダク　奥方様、従順な僕でございます。

副官　お隠れになった太守の奥方ナテラ・アバシュヴィリ様である。二歳になるご子息ミヘル様を捜しておられる。以前の使用人が山岳地帯に連れ去ったという情報があるのだ。

アズダク　召喚いたしましょう、やんごとなきお方様。

副官　その人物はご子息を自分の子だといいふらしているそうだ。

アズダク　打ち首にいたしましょう、やんごとなきお方様。

副官　以上だ。

太守夫人　（退場しつつ）あやつは気に入らぬ。

アズダク　（深々とお辞儀をしながら戸口へとついていく）かしこまりました、やんごとなきお方様。抜かりなく処理いたします。

5　白墨の輪

歌手
　それでは聞かせてしんぜよう　太守の忘れ形見をめぐる裁きの顚末
　いずれがはたして真の母なるか
　見定めるは　名高き白墨の輪の裁きなり

（ヌーハの法廷。重騎兵たち、奥からミヘルを連れて入ってくる。重騎兵のひとり、門まで来たグルーシェを、子どもが連れ去られるまで槍で押しとどめる。そのあと、グルーシェも中に通される。傍らには元太守夫人に仕えた料理女がいる。遠くから喧噪が聞こえ、火の手が上がっている）

グルーシェ　あの子はしっかりしているの。ひとりで体が洗えるんだから。

料理女　運がいいわね。本当の裁判官じゃなくて、アズダクよ。あの人は飲んだくれで、何もわかってない。大泥棒まで無罪放免にする体たらく。勘違いはなはだしいし、金持ちの袖の下が効かないかと思えば、あたしらみたいな者を目こぼししてくれる。

グルーシェ　今日くらい運が欲しいわ。

料理女　口をつつしみなさい。（十字を切る）裁判官が酔っ払っていますよう、大急ぎで願をかけた方がいい。（声を出さず唇を動かすだけで祈る。一方グルーシェは子どもの姿を求めて見まわす）それはそうと、自分の子でもないのに、なんであの子をそうも必死に手元に置こうとするの？　しかもこんな時代に。

グルーシェ　わたしの子よ。わたしが育てたんだから。

料理女　太守夫人が戻ったらどうなるか考えなかったの？

グルーシェ　はじめは返すつもりだった。でも、夫人はもう戻らないと思ったの。

料理女　借りた服でも、ぬくまればもう脱げないってことね？（グルーシェはうなずく）あんたはいい人だから、あたしは望みどおりにするよ。（覚えた言葉を反芻する）あたしは五ピアストルであの子を預かっていましたが、反乱が起きた日曜日に、グルーシェが連れていったんです。（近づいてくる兵士チャチャヴァに気づく）だけどシモンにはひどいことをしたわね。あの人と話したけど、納得できないと言っていた。

グルーシェ　（彼を見ない）そんなわからず屋のことなんて構っていられない。

料理女　あの子があんたの子でないことは理解したわ。でも、あんたが結婚して、夫が死ぬまで自由になれないことが納得できないのよ。

（グルーシェは彼を見て、一礼する）

シモン　（暗い面持ちで）俺はおまえに味方する。子どもの父親は俺だと言うよ。

グルーシェ　（小声で）助かるわ、シモン。

シモン　だが同時に俺にも、おまえにも、束縛するものは何もないと言うつもりだ。

料理女　その必要はないわ。この人が既婚なのは知っているでしょ。

シモン　それはこの人の問題だ。おまえがとやかく言うことじゃない
（重騎兵がふたり登場）
重騎兵ふたり　裁判官はどこだ？　誰か裁判官を見なかったか？
グルーシェ　（背を向けて、顔を隠す）わたしの前に立って。ヌーハに来るんじゃなかった。頭を殴った重騎兵に出くわしたりしたら……。
重騎兵のひとり　（子どもを連れてきた重騎兵のひとり、前に出る）裁判官がいない。（ふたりの重騎兵、捜しつづける）
料理女　あの人に何かあったのでなければいいけど。他の裁判官じゃ、勝ち目はない。（もうひとりの重騎兵が登場）
重騎兵　（いま発言した重騎兵に言う）奥にはおいぼれふたりと子どもしかいない。裁判官が雲隠れした。
別の重騎兵　もっと捜せ！
（最初のふたりの重騎兵が急いで退場。三人目だけ残る。グルーシェが悲鳴を上げる。重騎兵が振り向く。あの上等兵だ。顔一面に大きな傷痕がある）
門に立つ重騎兵　どうした、ショッタ？　知ってるのか？
上等兵　（しばらく見つめてから）いいや。
門に立つ重騎兵　アバシュヴィリ様のお子を誘拐した女だとさ。何か知っているなら、大金がもらえるぞ、ショッタ。
（上等兵は罵声を吐きながら退場）

料理女　あいつなの？（グルーシェはうなずく）たぶん何もいわない。さもないと、子どもの行方を追っていたことを認めることになる。

グルーシェ　（ほっとして）あいつらから子どもを救ったのを忘れるところだった……。

（太守夫人、副官とふたりの弁護士といっしょに登場）

太守夫人　これは上々。民草はひとりもおらぬな。あのにおいには我慢がならぬ。偏頭痛になる。

弁護士1　お方様、別の裁判官になるまでは、発言にはくれぐれもお気をつけください。

太守夫人　何も言っておらぬでないか、イロ・シュボラゼ。わらわは飾らぬ実直な民草を愛しておるのだぞ。ただ、あのにおいには頭が痛くなる。

弁護士2　傍聴人はほとんどいないでしょう。下町で騒動が起きたので、市民の大半が家に閉じこもっています。

太守夫人　あれが例の女か？

弁護士1　ナテラ・アバシュヴィリ様、大公が新しい裁判官を任命するまで、どうか口をお慎みください。これまでローブを着た者の中でももっとも卑しい身分の者である現役の裁判官さえ厄介払いできれば。おや、何か動きがあったようです。ご覧ください。

（重騎兵が数人、中庭に入ってくる）

料理女　アズダクが貧民の味方だと知らなかったら、お方様はすぐにあんたの髪をむしりとるところだよ。

（アズダクが縛られて連行されてくる。彼につづいて、同じく縛られたシャウヴァ。そのあとから三人の地主）

重騎兵　逃亡を図ったな？（アズダクを殴る）

地主　吊す前にローブを脱がせろ！

（重騎兵と地主、アズダクのローブを脱がす。ぼろぼろの下着が見える。それからひとりが彼を小突く）

重騎兵　（別の重騎兵のところへ彼を突き飛ばす）正義が欲しいか？　ほらよ！

（「おまえにやる」「いらねえよ！」と叫びながら、重騎兵たちはアズダクをたらいまわしにする。アズダクはつっぷし、それから引き起こされ、首つり用の縄のところへ引っ張られていく）

太守夫人　（たらいまわしを見ながら、ヒステリックに拍手する）あの者はひと目見たときから気にくわなかった。

アズダク　（血を流し、あえぎながら）何も見えない。布をくれ。

別の重騎兵　何が見たいって言うんだ？

アズダク　おまえら番犬をさ。（目についた血をシャツでぬぐう）ごきげんよう、番犬ども！　元気かね？　番犬の世界はいかがかな。よくにおってるかね？　またまたブーツがなめられてうれしいかい？　またしても死ぬまでかみつきあっているのかな？

（ほこりまみれの騎兵が上等兵と登場。革袋から書類をだして目を通すと、その場に割って入る）

ほこりまみれの騎兵　待て、大公様のお墨付きである。新たな任命に関するものだ。

上等兵　（怒鳴る）気をつけ！（全員、気をつけをする）

ほこりまみれの騎兵　新任の裁判官について、こうしたためてある。「余はこの国で最も重要な命を救った者、ヌーハのアズダクを任命する」どこにいる？

シャウヴァ　（アズダクを指差す）絞首台の男であります、上官殿。
上等兵　（怒鳴る）何をしているのだ？
重騎兵　恐れながら申し上げます。裁判官殿は前から裁判官で、地主たちによって大公様に仇なすものという告発を受けているのであります。
上等兵　（地主たちを指して）引っ立てろ！（地主たち、連行される。お辞儀しながら退場）裁判官殿への制裁はただちにやめろ。（ほこりまみれの騎兵と共に退場）
料理女　（シャウヴァに）お方様が手を叩いていたわよね。アズダクが見ていたかしら。
弁護士1　これはとんだ番狂わせだ。
（アズダクは気絶していた。絞首台から下ろされ、我に返ると、ふたたびローブを着せられ、ふらつきながら重騎兵の一団から離れる）
重騎兵たち　水に流してください、裁判官殿！　何かご用はありますか、裁判官殿？
アズダク　何もないさ、わが番犬。そうそう、ブーツがいるかな。なめられるように。（シャウヴァに）恩赦を与える。（シャウヴァの縛めが解かれる）赤ワインを。甘口がいい。（シャウヴァ、退場）おまえたちは消えろ。これから裁判をおこなう。（重騎兵、退場。シャウヴァがピッチャーに入れたワインを持ってくる。アズダクはぐびぐび飲む）何か尻に敷くものを！（シャウヴァ、法令集を持ってきて、裁判官の椅子に置く。アズダク、着席）では先立つものを！
（心配そうに相談していた原告側の面々、ほっとして笑みを浮かべ、耳打ちする）
料理女　なんてこと。

シモン　「朝露で井戸を満たすことはできない」と言うな。
弁護士【ふたり】（アズダクに近づく。アズダクは期待をあらわに立つ）造作もない裁判です、裁判官殿。被告人は子どもをかどわかし、返すことを拒んでいるのです。
アズダク　（彼らに手をひろげて差しだしながら、グルーシェを見る）とても魅力的な女だ。（手のひらに乗った金をたしかめ、満足そうにすわる）これより開廷する。紛れもない真実を述べてもらう。（グルーシェに）とくにそちにはな。
弁護士1　やんごとなき法廷の各位！　血は水よりも濃いと申します。これなるいにしえよりの格言は……。
アズダク　法廷は弁護士の報酬がいかほどか知りたい。
弁護士1　（驚いて）なんとおっしゃいましたか？（アズダクは親指と人差し指をこすり合わせる）ああ、そういうことですか！　いささか妙な質問ですが、お答えしましょう、裁判官殿。五百ピアストルです。
アズダク　みんな聞いたかね？　妙な質問だそうだ。そういう質問をするのも、そちが有能だとわかれば、対処の仕方も変わるからだ。
弁護士1　（一礼する）恐縮です、裁判官殿。さて、やんごとなき法廷の各位！　血のつながりは何にもまさるものです。母と子、これ以上の関係がありましょうや。母親から子を奪うことが許されるものでしょうか？　やんごとなき法廷の各位！　子は愛の結晶。愛をもって身ごもり、血をもって養い、苦痛をもって産み落とすもの。やんごとなき法廷の各位！　荒ぶる虎でさえ、子を奪われれば山河をさまよい、見る影もないほど痩せ衰えると言います。これが自然の……。
アズダク　（発言を中断させて、グルーシェに）弁護士の言いたいことはわかった。そちはなんと答える？

グルーシェ　あれはわたしの子です。
アズダク　それだけ？　証明できるのだろうな。そちは、その子の母であることを認められると信じているようだが、その理由を聞かせてもらおう。
グルーシェ　わたしは心を込めて育てました。いつもこの子のために食べものを見つけ、住む家を手に入れました。この子のためなら苦労をいとわず、お金も使いました。楽をしようなどと思ったことはありません。あの子が誰にもやさしくするよう躾け、はじめからできるかぎりはたらくことを教えました。まだ小さいですけど。
弁護士1　裁判官殿、その者はただの一度も血のつながりについて言及しておりません。ゆゆしきことです。
アズダク　承知した。
弁護士1　感謝します、裁判官殿。伴侶をなくされたうえ、我が子まで失う恐れにさらされ、夫人は気落ちしておられる。発言の機会をいただきたいのです。ナテラ・アバシュヴィリ様……。
太守夫人　（小声で）これは残酷極まりない運命というもの。愛する子を返せとそなたに頼むことになろうとは。子を奪われた母の苦しみ、不安、眠れぬ夜……。筆舌に尽くしがたい。
弁護士2　（気持ちを高ぶらせ）夫人への仕打ちには納得がいきません。御殿に入ることもままならず、財産の処分も凍結されています。御殿も財産も遺産相続人が受けるもので、手元に子どもがいないかぎり、夫人には手出しができず、弁護士費用も支払えないという！　なんと無慈悲なことでありましょうか。（激高するのはまずいと思ったか、弁護士1は口をつぐめと必死に合図を送る）イロ・シュボラゼ君、なぜ言ってはいけないのかね。これはアバシュヴィリ家の財産をめぐる問題でもあるのですぞ。

弁護士1　それを言ってはいかん、サンドロ・オボラゼ君！　打ち合わせでは……（アズダクに）むろんこの裁判の結果は、アバシュヴィリ家の莫大な財産をわたくしどものやんごとなき依頼人が手にできるかどうかを決定するものでもあります。しかしなんといっても、先ほどナテラ・アバシュヴィリ様が感動的な言葉で陳述したとおり、母親の悲痛な叫びこそが第一の問題なのであります。ミヘル様が財産の相続人でないとしても、あのお子はあくまで当方の依頼人が愛してやまないご子息なのです！

アズダク　待ちたまえ！　法廷は財産の件もまた人間性の証明とみなす。

弁護士2　感謝します、裁判官殿。イロ・シュボラゼ君、とにかくお子をかどわかした人物が実の母親でないことを証明しよう！　僭越ながら、紛う方ない事実を法廷に提出します。ミヘル様は母君が避難する際、不幸な行き違いが重なって置き去りになったのです。御殿付き料理女のグルーシェは、問題の日曜日にその場に居合わせ、お子の世話をするところを目撃されています。

料理女　お方様はお召し物のことばかり気にかけていたからいけないんです！

弁護士2　（動じず）およそ一年後、グルーシェなる女は子どもを連れて山村にあらわれ、結婚しました。相手は……。

アズダク　山村にはどうやって辿り着いたのだ？

グルーシェ　歩いてです、裁判官様。そしてあれはわたしの子です。

シモン　父親はわたしです、裁判官様。

料理女　あたしがその子を預かっていました、裁判官様。五ピアストルで。

弁護士2　あの男はグルーシェの婚約者です、やんごとなき法廷の各位。ゆえにあの男の証言に信憑性はありません。

アズダク　その女が山村で結婚した相手とは、そちのことか？

シモン　いいえ、裁判官様。あいつは農民と結婚しました。

アズダク（グルーシェを手招きする）それは面妖な。（シモンを指して）あの者は寝床で役に立たないのか？真実を申せ。

グルーシェ　そこまでの関係ではありませんでした。わたしはあの子のために結婚したのです。住む家が欲しかったからです。（シモンに）彼は戦場に行っていました、裁判官様。

アズダク　そしてあの者は今そちといっしょになりたいということか？

グルーシェ（怒って）わたしは自由の身ではありません、裁判官様。

シモン　調書に記録していただきたいのですが……。

アズダク　そして、その子はみだらな行いの結果だと言うのか？（グルーシェが答えないので）では訊こう。あの子はいかなる出自の子か？　尾羽打ち枯らした私生児か、それとも羽振りのいい家の子息なのか？

グルーシェ（怒る）ただの子どもです。

アズダク　小さいうちから気品がそなわっていたかどうかたずねているのだ。

グルーシェ　鼻はついていました。

アズダク　鼻はついていたとな。それは重要な発言だ。判決を言い渡す前にバラのかおりを嗅ぐ者がいる。実際、必要なことでもある。手短にすませたいので、そちたちの嘘はこれ以上聞きたくない。（グルーシェに）とくにそちの嘘はな。そちたちは（被告側に）わたしをたぶらかすために作り話をでっちあげた。

そのくらいお見通しだ。まったくけしからん。

グルーシェ　（いきなり）手短にするのも当然ね。袖の下をもらってるんだから！

アズダク　口を慎め。そちから何かもらったか？

グルーシェ　（料理女が止めるのもかまわず）わたしは文無しですから。

アズダク　そのとおり。腹をすかした者からは何ももらわない。だがそれでは飢え死にしかねない。そちは正義を望むが、金を払う気はあるのか？　肉屋に行けば、金を払う必要がある。裁判官は、お通夜のごちそうと同じだ。

シモン　（大声で）「馬に蹄鉄を打つとき、馬にたかるハエまで足をさしだす」と言う。

アズダク　（この挑発にムキになる）「肥だめの宝石は泉の石にまさる」とも申すぞ。

シモン　日和もいいから釣りに行こう、と釣り人がミミズに言うようなものだ。

アズダク　俺が主人だ、と言って使用人が自分の足を切り落とすのと同じ。

シモン　余は汝らを父のごとく愛するといって、皇帝(ツァーリ)が皇子に農民の首をはねさせるのと変わらない。

アズダク　「愚か者の仇敵は自分自身」

シモン　だけど「おならに鼻はついていない」と言う。

アズダク　法廷侮辱罪で罰金十ピアストル。司法のなんたるかを知れ。

グルーシェ　じつに清廉潔白な司法ですこと。弁護士を連れてきたあの人のように上品な口が利けないからといって、わたしたちを罰するなんて。

アズダク　そのとおり。そちらは愚かすぎる。一度仕置きが必要だ。

グルーシェ　あの人に子どもをやるつもりね。お高くとまって、おむつを替えることもしない人に！　司法がどういうものかよくわかったわ。あなたよりもね。

アズダク　これは一本とられた。わたしは無知蒙昧。ローブの下にズボンもはいていない輩だ。ほら、ご覧のとおり。わたしにとって大事なのは飲み食いだ。なにせ修道院学校で教育を受けたものでね。ところで、そちにも法廷侮辱罪で十ピアストルの罰金を科す。それからそちはじつに愚か者だ。すこしは色目を使い、尻を振ってわたしを喜ばせればいいものを、わざわざ反感を買うまねをするとはな。これで罰金は二十ピアストル。

グルーシェ　罰金が三十になろうと、あなたの正義がどの程度のものか言ってやる、こののんだくれのタマネギ野郎。偉そうによくそんな口が利けるわね。教会のステンドグラスのひびが入った預言者イザヤと変わらない。あなたを産んだとき、母親は、わずかばかりのキビを盗んであなたに罰せられることになるとは思わなかったでしょうね。あなたの前でふるえるわたしを見て、恥ずかしくないの？　だけどあなたはお偉いさんの僕だから、お偉いさんが盗んだ屋敷をとられないように手をまわす。屋敷はいつから南京虫の巣窟になったわけ？　まあ、しっかり頑張りなさい。さもないと、男たちを戦争に駆りたてることはできなくなるから、この魂を売った輩め。

（アズダクが立ち上がる。顔を輝かせ、小槌で机を叩く。静粛にさせるためか、はじめは控えめに。だがグルーシェの罵詈雑言がひどくなると、彼女の声に小槌で拍子をとる）

何様のつもりよ。窃盗犯やナイフをかざす強盗殺人犯も顔負けね。どうぞ子どもをわたしからとり上げればいいでしょ。わたしに勝ち目はない。あなたがやってるような職には、人さらいや高利貸しをつければいいのよ。仲間を裁くのは、絞首台に送られるよりもつらいでしょうからね。

アズダク　（すわる）これで罰金三十ピアストル。これ以上そちと言い争う気はない。ここは酒場ではないからな。このままでは、わたしの裁判官としての品位に傷がつく。そちの件を裁く気がまるでなくなった。離婚を申請しているふたりはどこだ？（シャウヴァに）ふたりを連れてこい。十五分の休廷とする。

弁護士1　（そのあいだにシャウヴァは立ち去る）これで裁判はこちらのものです、お方様。

料理女　（グルーシェに）なんてことをしたの。これじゃ子どもをとり上げられちゃう。

太守夫人　シャルヴァ、気付け薬を。

（老夫婦、登場）

アズダク　では先立つものを。（老夫婦には合点がいかない）聞くところによると、離婚したいそうだな。何年連れそった？

老婆　四十年でございます、裁判官様。

アズダク　ではなにゆえ離婚を望む？

老人　気が合わないいからです、裁判官様。

アズダク　いつからだ？

老婆　はじめからです、裁判官様。

アズダク　別の案件をすませたら、そちたちの希望にそった判決を言い渡す。（シャウヴァ、ふたりを後ろに連れていく）子どもをここへ。（グルーシェを手招きして、身を乗りだす。邪険な感じではない）そちが正義をどう思っているかよくわかった。あの子がそちの子とは思えないが、それでも自分の子だと言い張るとは、あの子を金持ちにしたくないのか？　自分の子ではないと言うだけでよいのだ。即座に御殿があの子の所有になる。厩舎にはたくさんの馬が轡を並べ、たくさんの物乞いが門前に集まり、たくさんの兵士が仕え、たくさんの訴人が中庭に詰めかけるのだがな。どうだね、あの子を金持ちにしてやりたくはないか？

（グルーシェ、沈黙）

歌手　聞くがよい　怒れる女性（にょしょう）が内心思いしことを

（歌う）

黄金の靴をはけば
弱き者を足蹴にする
この子は悪事を働き
わたしを笑うだろう

ああ　朝な夕なに　心を鬼にする
なんとつらいことか
力をもち　悪に手を染める
あまりに気苦労なこと

飢えは恐るべきだが

飢えた者を恐れてはならじ
闇は恐れるべきだが
光を恐れてはならじ

アズダク　言いたいことはわかるぞ、女。

グルーシェ　渡しはしません。育てたのはわたし。あの子はわたしになついています。

（シャウヴァが子どもを連れて登場）

太守夫人　ボロを着せて、何を言う！

グルーシェ　それは違う。この子にちゃんとしたシャツを着せるゆとりがなかったのよ。

太守夫人　どうせ住んでいるのは豚小屋のくせに！

グルーシェ　（激高する）わたしは豚じゃない。豚は他にいる。あなたは自分の子をどこに置き去りにしたの？

太守夫人　ただじゃ置かないよ、この卑しい奴め。（グルーシェに飛びかかろうとする。ふたりの弁護士が押さえる）不届き者！　ただちにむち打ちにするのだ！

弁護士２　（夫人の口をふさぐ）ナテラ・アバシュヴィリ様！　約束をお忘れですか……裁判官殿、原告は気が動転しておりまして……。

アズダク　原告および被告。双方の言い分を聞いたが、その子の真の母親がどちらかいまだに判然としない。裁判官としては、その子にふさわしい母親を特定する義務がある。そこでひとつ試すことにする。シャウヴァ、白墨を持ってきて、地面に輪を描くのだ。（シャウヴァ、白墨で地面に輪を描く）その子をその輪の中に立たせる！（シャウヴァ、ミヘルを輪の中に立たせる。ミヘルはグルーシェを見て微笑む）原告および被告は輪の左右に立ちたまえ！（太守夫人とグルーシェ、輪の脇に立つ）ふたりとも、子どもの手をつかめ。子どもを輪の外に引っぱりだした方が真の母親だ。

弁護士2　（急いで）やんごとなき法廷の各位、異議を申し立てます。そのお子が相続する莫大な財産の行方をかようにいい加減な対決で決めるなどありえないことです。それに、当方の依頼人には、日々肉体労働をしているその人物ほどの力はありません。

アズダク　栄養はとっているように見える。引っぱれ！

（太守夫人、子どもを輪の中から引っぱりだす。グルーシェは手を離し、呆然と立ち尽くす）

弁護士1　（太守夫人を言祝ぐ）申し上げたでしょう？　血のつながりです！

アズダク　（グルーシェに）どうした？　引っぱらなかったな。

グルーシェ　しっかり握りませんでした。（アズダクのところに駆け寄る）裁判官様、前言を撤回します。お赦しください。この子が話せるようになるまでわたしの元におかせてください。まだ片言しか言えないのです。

アズダク　泣き落としは見苦しいぞ！　そちとて、言葉を二十も知っておらぬだろう。賭けてもよい。よし、もう一度試すとしよう。それで決着をつける。引っぱれ！

（女ふたりはもう一度位置につく。グルーシェはふたたび子どもを離す）

グルーシェ　（必死に）わたしが育てたんです。その子を引き裂けというんですか？　わたしにはできません。

アズダク　（立つ）これをもって、真の母親が誰か確定した。（グルーシェに）子どもを連れていけ。町にはとどまらない方がよいぞ。（太守夫人に）そちは、偽証罪を言い渡される前に失せるがいい。財産は町で没収。子どもの公園でも作るべし。子どもには必要なものだ。名前はそうだな、「アズダク公園」がいいだろう。

（太守夫人は気を失い、副官に連れだされる。ふたりの弁護士はその前に立ち去っている。グルーシェは身じろぎひとつせず立ち尽くしている。シャウヴァが彼女のところに子どもを連れていく）

さて、ローブを脱ぐとしよう。身の危険を感じるからな。英雄気取りなどする気はない。だがその前にささやかな別れのダンスパーティにみなを誘いたい。外の草原でやろうじゃないか。そうそう、浮かれて忘れるところだった。離婚の裁定をしなくてはな。（裁判官の椅子を机代わりにして、書類に何か記入して立ち去ろうとする。ダンス音楽がはじまる）

シャウヴァ　（書類を読む）あらら、これは間違ってるぞ。老夫婦のではなく、グルーシェと夫の離婚許可証だ。

アズダク　なに、違う夫婦を離婚させてしまったのか？　それはうかつ。しかしそのままでいい。決めたことは撤回しない。さもないと秩序が崩壊する。さあ、わたしのパーティに来たまえ。せっせと踊るがよい。

（グルーシェとシモンに）ところでおたくらからは、しめて四十ピアストルいただく。

シモン　（財布をだす）安いもんです、裁判官様。ありがとうございました。

アズダク　（金を懐に入れる）これから必要になる。

グルーシェ　今夜のうちに町を出た方がいいわね、どう、ミヘル？（シモンに）この子は気に入った？

シモン　謹んで申し上げよう。気に入ってるさ。

グルーシェ　今だから言うけど、復活祭のあの日、あなたと婚約したから、この子を引きとったの。だから
この子は愛の結晶。さあ、ミヘル、踊りましょう。
（グルーシェ、ミヘルと踊る。シモンは料理女の手をとって踊る。老夫婦も踊る。アズダクは物思いに耽りながら立っている。やがて踊る人々が彼を包み込む。ときおり彼の姿が見えるが、踊る男女がさらに加わり、しだいに見えなくなる）

歌手

この夜を最後に　アズダクは姿を消し
民衆の記憶の中に生きつづけた
かの者が裁判官だったのは　短かくとも
正義がまかり通った　黄金時代
（踊る人々が出ていく。アズダクは消えている）
白墨の輪の物語　ご覧になったみなみなさま
いにしえの民の意見をとく心に刻まれよ
適材適所とはこのこと
子どもは母たる人の元でこそ　よく育つ
車は上手に操る者がいてこそ　よく走る
谷は灌漑する者がいてはじめて　潤うのだ
（音楽）

訳者あとがき

ベルトルト・ブレヒトの戯曲の翻訳に取り組むのは、演出家の白井晃さん（現KAAT神奈川芸術劇場芸術監督）から『三文オペラ』[注1]（二〇〇七年　世田谷パブリックシアターほか）の翻訳を依頼されたのが最初で、それから『マハゴニー市の興亡』（二〇一六年　KAAT神奈川芸術劇場）、本書収録の『アルトゥロ・ウイの興隆』（二〇二〇年　KAAT神奈川芸術劇場）と三作翻訳を担当してきた。

翻訳四作目『コーカサスの白墨の輪』も本書の企画時にはすでに訳了していて、二〇二一年一月に白井さんによるブレヒト劇の集大成として公演予定だった。白井さんからはKAAT神奈川芸術劇場でしかできないような大胆かつ奇抜な演出プランを聞いていただけに、コロナ禍で公演が中止になり、幻の企画になってしまったことが、返す返すも残念でならない。生ものの演劇ゆえの難しさといえる。

だがこのくらいで嘆いていては、著者のブレヒトに失礼だろう。

一八九八年生まれのブレヒトは一九二〇年代にドイツ演劇界の寵児となったが、ナチ党が権力を掌握した一九三三年、国会議事堂放火事件（二月二十八日）を契機に三十五歳で亡命生活に入り、スイス、デンマーク、スウェーデン、フィンランド、アメリカ合衆国などを転々とする。

戦後は戦後で、一九四七年、アメリカ合衆国下院の非米活動委員会から審問を受け、その翌日、パリ経由でチューリッヒに逃亡した。ベルリンに居を構えて、ベルリーナー・アンサンブルを結成し、ようやく思いどおりの演劇に邁進できるようになったのは、一九四九年のこと。亡命生活は十六年に及んだ。

『アルトゥロ・ウイの興隆』は一九四一年、亡命先のフィンランドで本格的に執筆がはじまった作品で、『コーカサスの白墨の輪』は一九四四年、執筆に取りかかっている。共にこの亡命時代の作品だ。亡命時代にはほかにも重要な作品があるが、この二作はともに時代と切り結んだブレヒトを象徴する作品ではないかと思っている。個人的には「ブレヒト亡命戯曲作品選」といった気持ちで、本作りをすすめた。

＊

『アルトゥロ・ウイの興隆』は *Der aufhaltsame Aufstieg des Arturo Ui* の全訳だ。原題を直訳すると「止めうるアルトゥロ・ウイの興隆」となるが、今では「止めうる」が省略されることが多い。ズールカンプ社から出ている最新の注釈書である Suhrkamp BasisBibliothek 版（二〇〇四年）でも、「止めうる」という修飾語は省かれている。

日本語訳タイトルも最近は『アルトゥロ・ウイの興隆』で定着している。過去には「興隆」に相当する Aufstieg が「栄達」と訳された例もあるが、この訳稿では今日定着している「興隆」に合わせた。ただ「興隆」という訳語には個人的に違和感がないわけではない。たしかに辞書的には正しいが、興隆するのは物であることが多いように思う。本当は「アルトゥロ・ウイの成り上がり」とでも訳したいところだ。実際、プロローグでは Aufstieg に「成り上がる」という訳語を当て、訳文全体のトーンも、このイメージを踏まえていることを断っておく。

『アルトゥロ・ウイの興隆』のプロトタイプは、ブレヒトが亡命生活をはじめたばかりの一九三四年まで遡る。このときのタイトル案は『パドヴァのジャコモ・ウイの人生と行動』*Leben und Taten des Giacomo Ui aus Padua*。イタリア・ルネサンス期の物語だった。だがこれは計画倒れに終わる。

その後一九三五年、ニューヨークでギャングの抗争に着目し、ギャング映画を鑑賞し、新聞記事などの資料をさかんに集めたという。この頃、パドヴァの「指導者」ジャコモ・ウイはシカゴのギャング、アルトゥロ・ウイに変身したようだ。原稿の完成を見るとすぐ、亡命先のアメリカで英訳されたが、このときも上演にこぎ着けるに至らなかった。

一読してわかると思うが、アルトゥロ・ウイはアドルフ・ヒトラーを戯画化したキャラクターだ。戯曲中でも要所要所で、ヒトラー率いるナチ党の台頭とどのようにイメージが結びついているか明示されている。作品理解の助けになると思うので、登場人物のだれが歴史上のだれに相当するか列記しておこう。

ドッグズバロー　パウル・フォン・ヒンデンブルク（第二代ワイマール共和国大統領）
アルトゥロ・ウイ　アドルフ・ヒトラー（ナチ党指導者、ドイツ国首相及び国家元首）
エルネスト・ローマ　エルンスト・レーム（ナチ突撃隊幕僚長）
マヌエレ・ジーリ　ヘルマン・ゲーリング（プロイセン州内相、国家元帥）
ジュゼッペ・ジヴォラ　ヨーゼフ・ゲッベルス（国民啓蒙・宣伝大臣）
イグネイシャス・ダルフィート　エンゲルベルト・ドルフース（第十四代オーストリア第一共和国首相）

それから原作は、翻訳では再現がむずかしい遊びに満ちていることも断っておく必要があるだろう。戯曲の冒頭にブレヒトによる「上演に向けての指示」がある。そこでは「エリザベス朝の歴史劇をはっきりと連想させるのが最善の方法」と明記されている。事実、戯曲の原文はエリザベス朝時代のイギリス演劇で主流だったブランクヴァース（押韻されない弱強五歩格）でつづられており、ウイの所作の指導に当たる売れないシェイクスピア役者は、シェイクスピアの『ジュリアス・シーザー』からアントニーの演説を引用する。ウイが亡霊にうなされる場面はシェイクスピアの『リチャード三世』第五幕第三場を連想させる。このほかにも、ウイとベティ、ジヴォラとダルフィートの二組が交互に対話する場面は、ゲーテの『ファウスト　第一部』のマルテの庭園の場面から想を得ており、この部分はゲーテが『ファウスト　第一部』で使った詩形クニッテルフェルス（脚韻を踏んだ定型詩）を踏襲している。

ただし今回の翻訳では韻文による効果は反映できないと判断して散文訳にしていることをお断りしておく。また白井さんの演出プランでは当初から、ヒトラーが政権を掌握した一九三三年に生まれたソウル歌手ジェームズ・ブラウンがスターとなる過程をヒトラーに重ねることになっていた。訳文はブレヒトが意図したように時代がかったものにしつつも、舞台上で生演奏され、ウイ役の草彅剛が熱唱するジェームズ・ブラウンの楽曲にマッチするようポップな文体になるよう心がけた。

『アルトゥロ・ウイの興隆』の過去の公演記録についてもすこし触れておこう。世界初演は一九五八年（ペーター・パリッチュ演出、シュトゥットガルト）で、その翌年ベルリーナー・アンサンブルで初演された。もっとも有名な演出は一九九五年にベルリーナー・アンサンブルで初演されたハイナー・ミュラー演出作品だろう。シューベルトの「魔王」が鳴り響き、ウイを演じるマルティン・ヴトケが犬さながらに登場する衝撃の作品として知られている。このミュラー演出作品は二〇〇五年六月に新国立劇場の招聘で日本にも紹介されている。

日本での公演は、古くは一九六九年の千田是也演出作品『おさえればとまるアルトゥロ・ウイの栄達』（俳優座、ウイ役は田中邦衛）があり、最近ではピーチャム・カンパニーの『アルトゥロ・ウイの興隆―それは抑えることもできる―』（二〇一〇年）、清流劇場の『Arturo Ui アルトゥロ・ウイ』（二〇一六年）、演劇集団プラチナネクストによる『アルトゥロ・ウイの（抑えることもできた）興隆』（二〇一七年）がある。

＊

『コーカサスの白墨の輪』は *Der kaukasische Kreidekreis* の全訳だ。戯曲の冒頭で明らかにされているように、「題材は、中国の戯曲『灰闌記』から採った」。『灰闌記』は元代に李行甫によって書かれた戯曲で、宋の時代の名判官包拯（ほうじょう）の裁判劇のひとつとして知られる。この『灰闌記』を翻案した戯曲『白墨の輪』*Kreidekreis*（日本語訳は『近代劇全集』第十一巻　第一書房　一九三〇に収録）が一九二四年、ドイツの劇作家クラブントによって翻案され、ブレヒトがドラマトゥルクとして働いていたベルリンのドイツ座で上演される。ブレヒトが『灰闌記』の存在を知ったのはこのときだろう。

ブレヒトはこの素材を気に入っていたらしく、一九三八年には亡命先のオーデンセ（デンマーク）で『オーデンセの白墨の輪』の構想を練っている。その後、一九四〇年には『アウクスブルクの白墨の輪』という短編（日本語訳は『暦物語』光文社古典新訳文庫に収録）を書いている。舞台をブレヒトの生地アウクスブルクに移し、時代を十七世紀の三十年戦争当時に設定している。つづいて一九四二年頃には、映画の企画で南北戦争を背景にした白墨の輪の構想もあったという。

こうした変遷を経て一九四四年、『コーカサスの白墨の輪』と題した戯曲が本格的に書かれることになる。

全編がブランクヴァース中心の韻文だった『アルトゥロ・ウイの興隆』に対して、こちらは散文の台詞と歌詞で構成されている。歌詞の多くには着想の元になった原作があるらしい。Suhrkamp BasisBibliothek版（二〇〇三年）の注に依拠すると、主に以下の通りだ。

「シモン・チャチャヴァ、あなたを待つ……」（一五八頁）はロシアの詩人コンスタンチン・シーモノフの「わたしを待って」（一九四一年）から想を得ている。ブレヒトはその英訳を『作業日誌』にスクラップしている。

「いざ　戦場へ　さびしく行進……」（一七八頁）ブレヒトは民族音楽の研究で知られる作曲家バルトークを通して知ったスロバキアの民謡から想を得ている。

「出征する　恋人……」（一九七頁）及び「かくも多くを語り　かくも多くを黙す……」（二一五頁）ブレヒトのフィンランドでの亡命生活に協力した作家ヘラ・ウオリヨキの「エストニア戦争歌」が出典とされている。

「姉妹よ　顔を隠せ……」（二四四頁）は古代エジプトの「予言者の教訓」をアレンジしたものだという。

ブレヒトのもっとも成功した戯曲『三文オペラ』も、ジョン・ゲイが書いた『乞食オペラ』（一七二八年）を元にしている。ブレヒトはオリジナルを換骨奪胎して、自分の世界観をそこに織り込む名手ともいえる。その手腕は『コーカサスの白墨の輪』でも大いに発揮されている。

肝心のその世界観だが、『コーカサスの白墨の輪』は『アルトゥロ・ウイの興隆』と比べて大きく変容しているといえるだろう。ナチ党の台頭期を射程に置き、それを風刺した『アルトゥロ・ウイの興隆』に比べて『コーカサスの白墨の輪』は、第二次世界大戦で敗色が濃くなったナチ・ドイツの運命が見え、独裁体制が崩壊しようとしている時期に書かれた。戦争が終わったあとの世界になにが必要か、ブレヒトはすでに思いを馳せていたのだろう。食うや食わずの状態に置かれた庶民の代表がグルーシェだ。血のつながりもない子を育てる彼女の姿に、来たるべき世界の本来の理想を観ていたのだと思う。

序幕で、パルチザンとしてナチと戦った村人を登場させたことにも大きな意味があるはずだ。戦後復興と土地をめぐって、村人が二分して争う構図は、そのまま本編の子どもをめぐるグルーシェと太守夫人の関係の前座という役割を担っている。

だが『コーカサスの白墨の輪』にはそうした外的要因だけでなく、内的な要因もあったように思う。

ブレヒトは一九四三年、ドイツ兵となった長男を戦場で失っている。そして一九四四年にあらたに授かった息子は早産になり、わずか数日の命だった。その子はミヘルと名付けられた。もちろんこの劇に登場する「ミヘル」にちなんでいることはいうまでもない。相次ぐ息子の死を前にして、ブレヒトは命の尊さや、親子の絆を強く意識したはずだ。生みの母が子どもを取り返す原作の『灰闌記』に対して、育ての母を母親として正式に認めるにわか裁判官のアズダクによる名判官ぶりは、その点で注目すべき改変だろう。

『コーカサスの白墨の輪』はブレヒトがベルリンに戻った一九四九年、雑誌『意味と形式』のブレヒト特集ではじめて公にされた。その後、本訳稿の冒頭にあるように、ブレヒトによる第三稿が『試み』（一九五四年）に掲載される。これはベルリーナー・アンサンブルでの公演をめざした稽古中に使われたものだ。その後、ブレヒトはさらなる改稿に着手するが、一九五六年に死去。その後、協力者のエリーザベト・ハウプトマンによって手を加えられ、一九五七年に最終版が発表されている。一九五四年版と一九五七年版を読み比べると、たしかに作品内の整合性が整えられるなど改善は見られるが、どこまでが原作者ブレヒトの意図したものであるか判断がつかない。岩淵達治訳になる『ブレヒト戯曲全集』（未来社　一九九九年）でも一九五四年版が採用されており、本書でもそれに準じた。

『コーカサスの白墨の輪』の過去の公演についてもすこし触れておこう。世界初演は一九四八年アメリカ合衆国ミネソタ州のカールトン大学の学生による英語版上演で、ドイツでの初演は一九五四年（ベルリーナー・アンサンブル）である。

日本でも過去にたびたび上演されていて、栗原小巻（千田是也演出、俳優座第百四十四回公演　一九八〇年）、松たか子（串田和美演出、世田谷パブリックシアター　二〇〇五年）といった名女優が主人公グルーシェを演じている。他に京浜協同劇団（一九七五年）、劇団仲間（一九七九年）、東京ノーヴィ・レパートリーシアター（二〇一二年）、ブレヒトの戯曲を多く手がける東京演劇集団風の公演（二〇一五年）、SENDAI座☆プロジェクトの「白墨の輪〜音楽劇〜」（二〇一七年）などがある。また『コーカサスの白墨の輪』を元にした林光によるオペラ『白墨の輪』（こんにゃく座、一九七八年）も忘れてはならないだろう。

すでに述べたようにKAAT神奈川芸術劇場で二〇二一年に予定された公演は中止されたが、人と人とのつながりの大切さを謳った作品であるからこそ、いつの日か上演され、みなさんの元に届くことを願ってやまない。

二〇二〇年七月

酒寄進一

注1 『三文オペラ』の拙訳は二〇〇七年に長崎出版から出版したが、版元の倒産により現在は入手困難になっている。現在はKindleストアで電子書籍版が入手可能。

【注記】グルジアについて

グルジアの現国名は英語読みの「ジョージア」と呼称されることになっている。過去のいきさつからロシア語由来の「グルジア」という呼称が忌避された結果だ。本作品でブレヒトはドイツ語表記のGeorgienを使っている。もちろん「ゲオルギエン」では日本の読者には意味不明となる。かといって、英語読みもこの作品のもつ空気と相性が悪い。序幕にあるように、ブレヒトはソ連邦の影響下にあるという文脈で作品を構想しているからだ。そうした理由から、この翻訳ではロシア語由来の「グルジア」で表記していることをお断りしておく。

本作品中には、今日の観点からみると差別的ととられかねない表現が散見しますが、作品自体の持つ文学性および歴史的背景に鑑み、使用しているものです。差別の助長を意図するものではないことをご理解ください。（編集部）

［著者紹介］
1898年生まれ。ドイツの劇作家、詩人。「叙事的演劇」を提唱して、劇団「ベルリーナー・アンサンブル」を創設し、二十世紀の演劇に大きな足跡を残す。1956年心筋梗塞のためベルリンで死去。代表作に本書収録作のほか『三文オペラ』『マハゴニー市の興亡』『肝っ玉お母とその子どもたち』『ガリレイの生涯』などがある。

［訳者紹介］
1958年生まれ。ドイツ文学翻訳家、和光大学教授。シーラッハ『犯罪』で2012年本屋大賞「翻訳小説部門」第一位を受賞。主な訳書にシーラッハ『刑罰』『テロ』、ヴェデキント『春のめざめ』、コルドン『ベルリン1919　赤い水兵』などがある。ブレヒトの上演用台本翻訳はほかに『三文オペラ』『マハゴニー市の興亡』がある。

アルトゥロ・ウイの興隆／コーカサスの白墨の輪

2020年8月18日　第1刷発行

著者
ベルトルト・ブレヒト

訳者
酒寄進一（さかよりしんいち）

発行者
田邊紀美恵

発行所
有限会社 東宣出版
東京都千代田区九段北1−7−8　郵便番号102−0073
電話（03）3263−0997

ブックデザイン
塙浩孝（ハナワアンドサンズ）

印刷所
株式会社 エーヴィスシステムズ

乱丁・落丁本は、小社までご送付ください。
送料小社負担にてお取り替えいたします。

ISBN978-4-88588-101-5　C0097